Confidences scandaleuses

W0373156

ANDIE BROCK

Confidences scandaleuses

Traduction française de
FRÉDÉRIQUE LALLEMENT

AZUR

HARLEQUIN

Collection : Azur

Titre original :
FROM EXPOSÉ TO EXPECTING

© 2021, Andrea Brock.
© 2022, HarperCollins France pour la traduction française.

Ce livre est publié avec l'autorisation de HARLEQUIN BOOKS S.A.

Tous droits réservés, y compris le droit de reproduction de tout ou partie de l'ouvrage, sous quelque forme que ce soit.
Toute représentation ou reproduction, par quelque procédé que ce soit, constituerait une contrefaçon sanctionnée par les articles 425 et suivants du Code pénal.

Si vous achetez ce livre privé de tout ou partie de sa couverture, nous vous signalons qu'il est en vente irrégulière. Il est considéré comme « invendu » et l'éditeur comme l'auteur n'ont reçu aucun paiement pour ce livre « détérioré ».

Cette œuvre est une œuvre de fiction. Les noms propres, les personnages, les lieux, les intrigues, sont soit le fruit de l'imagination de l'auteur, soit utilisés dans le cadre d'une œuvre de fiction. Toute ressemblance avec des personnes réelles, vivantes ou décédées, des entreprises, des événements ou des lieux, serait une pure coïncidence.

Le visuel de couverture est reproduit avec l'autorisation de :

HARLEQUIN BOOKS S.A.

Tous droits réservés.

HARPERCOLLINS FRANCE
83-85, boulevard Vincent-Auriol, 75646 PARIS CEDEX 13
Service Lectrices — Tél. : 01 45 82 47 47 - www.harlequin.fr
ISBN 978-2-2804-6762-9 — ISSN 0993-4448

Composé et édité par HarperCollins France.
Imprimé en décembre 2021 par CPI Black Print (Barcelone)
en utilisant 100% d'électricité renouvelable.
Dépôt légal : janvier 2022.

FSC
www.fsc.org
MIXTE
Papier issu de sources responsables
FSC® C159065

Pour limiter l'empreinte environnementale de ses livres, HarperCollins France s'engage à n'utiliser que du papier fabriqué à partir de bois provenant de forêts gérées durablement et de manière responsable.

1.

Un énorme bouquet de fleurs vola à travers la pièce et, sans prendre le temps de réfléchir, Emma s'élança bras tendus pour l'attraper. Au moment où il atterrit entre ses mains, son poids la surprit, et elle le serra contre sa poitrine pour éviter de le lâcher. Une idée saugrenue lui traversa alors l'esprit : elle tenait ce bouquet avec une certaine exaltation, comme s'il devait lui signifier l'arrivée d'un futur époux, à l'instar de celui que vous lance une jeune mariée à la sortie de l'église !

Se ressaisissant, Emma jeta un rapide regard alentour. Tous les yeux étaient dirigés sur la personne qui avait lancé les fleurs, une très belle jeune femme vibrante de colère, en pleine discussion animée avec les gardes qui refusaient de la laisser franchir le portique de sécurité. Sa voix résonnait, forte et dramatique, dans l'immense hall de l'immeuble :

— Vous ignorez probablement mon nom ! Je m'appelle Vogue Monroe et j'ai bien envie de vous faire renvoyer tous les deux !

Il s'agissait donc de la célèbre actrice hollywoodienne, dernière petite amie en date de Leonardo Ravenino.

Emma s'approcha pour mieux la voir.

— Je suis désolé, mademoiselle, nul ne peut entrer sans rendez-vous.

— Très bien, répliqua Vogue au garde. Transmettez

cependant le message suivant au *signor* Ravenino de ma part. Dites-lui que c'est un salaud, un égoïste et un arrogant, incapable d'émotion, incapable d'avoir une vraie relation, pour la bonne raison que la seule personne qui l'intéresse, c'est lui-même !

Cette tirade digne d'un oscar stupéfia visiblement les agents de sécurité, mais aussi les réceptionnistes, dont les doigts restèrent suspendus au-dessus des claviers. Un silence de plomb régnait à présent dans le hall.

La jeune actrice toisa alors Emma, encore figée avec le bouquet dans les bras, avant de lancer d'une voix venimeuse à l'intention des agents :

— Et dites bien à votre patron ce qu'il peut faire de ses fleurs !

Là-dessus, elle tourna les talons et rejoignit une voiture garée devant la porte. Un chauffeur en livrée se précipita pour lui ouvrir la portière.

Emma Quinn regretta de ne pas travailler pour un tabloïd londonien. Être témoin de cette scène lui aurait permis d'écrire un article valant son pesant d'or. Hélas, *Le Paladin*, où elle faisait ses débuts de journaliste, était une publication sérieuse, respectée, dont les lecteurs s'intéressaient à la politique, à l'économie et à d'autres sujets qui n'avaient rien de frivole. Le but de sa visite en ce lieu était une interview avec Leonardo Ravenino sur les énergies renouvelables. Manque de chance, le P-DG de Raven Enterprises avait déjà deux heures de retard.

Emma patienterait cependant le temps nécessaire. Obtenir un rendez-vous avec ce chef d'entreprise était trop exceptionnel pour prendre ombrage de l'attente imposée. L'énigmatique homme d'affaires italien avait la réputation de n'accorder que très rarement sa confiance à la presse. Lorsque son rédacteur en chef lui avait confié cette tâche, Emma avait été quasiment certaine qu'elle essuierait un refus. Or Leonardo Ravenino avait répondu positivement à sa demande.

Consciente de l'importance de l'interview, Emma avait procédé à des recherches approfondies sur le séduisant milliardaire qui, très vite, l'avait fascinée. Outre sa fabuleuse richesse, l'homme était remarquablement beau. S'il restait discret sur sa vie, les journaux, en revanche, regorgeaient de photos de lui, dans des soirées, sur son yacht ou à la sortie de sa boîte de nuit, toujours au bras de femmes connues dans le monde du cinéma, de la mode, ou appartenant aux cercles mondains. Il y en avait même eu une qui était un membre mineur de la famille royale.

Les tabloïdes le qualifiaient d'énigmatique et mystérieux, de charmant lorsqu'il le voulait, mais aussi de taciturne. On le disait de plus capable de se montrer particulièrement désagréable lorsqu'il souhaitait se débarrasser d'importuns, en particulier des paparazzis.

Son histoire familiale était impressionnante, quoique superficiellement documentée. Fils aîné des Ravenino, élevé dans cette principauté italienne, remontant au XVIe siècle, que gouvernait son père, Leonardo aurait dû hériter du titre de *Conte di Ravenino* à la mort de ce dernier. Or, pour une raison non précisée, il avait abandonné titre et fonction à son jeune frère et déménagé à Milan. Emma n'avait pas réussi à découvrir le pourquoi de ce revirement de situation.

— Voulez-vous que je vous débarrasse de ce bouquet ?

La question de Nathalie, la réceptionniste en chef qui l'avait tenue informée du retard du *signor* Ravenino – et avec qui elle avait eu d'emblée un contact sympathique – rappela Emma à la réalité.

— Je vous remercie, répondit-elle en lui tendant les fleurs. Ça vous arrive souvent de voir une maîtresse éconduite venir faire un coup d'éclat ?

— Disons que nous n'avons jamais le temps de nous ennuyer lorsque le *signor* Ravenino est en ville.

— Sa réputation de bourreau des cœurs est donc justifiée ? demanda Emma avec un sourire.

— Cet homme est une force de la nature. Vous le comprendrez vite en le rencontrant.

— Si j'arrive à le rencontrer !

— Je suis vraiment désolée que vous attendiez si longtemps.

— Vous n'êtes pas responsable.

Comme elles repartaient vers la réception, Emma décida de profiter de la gentillesse de Nathalie pour lui soutirer quelques informations sur son patron. Uniquement dans l'intérêt pour son article, bien entendu.

— Le *signor* Ravenino est-il coutumier des retards ou des changements de programme de dernière minute ?

— En fait, il passe très peu de temps dans ses bureaux londoniens, mais je peux vous dire une chose : lorsqu'il est ici, nous méritons notre salaire !

— Est-ce un bon employeur ?

— Oui. Tant que faire des heures supplémentaires ne vous dérange pas. Il est très exigeant. Il faut toujours s'attendre à l'imprévisible avec lui, et être prêt à satisfaire ses requêtes.

— Quel genre de requêtes ?

— Par exemple, lui organiser une visite privée du musée d'Histoire naturelle d'une heure à l'autre. Ou faire venir d'une petite île écossaise un chef renommé pour lui concocter un dîner le soir même. Une fois, il a acheté tous les tableaux d'une exposition et il a voulu les répartir entre douze endroits différents. Il a donc fallu les envoyer dans quatre pays, sur deux continents. L'un d'eux est ici, d'ailleurs.

Emma jeta un rapide coup d'œil à l'immense toile

abstraite accrochée au mur opposé, avant de poursuivre ses questions.

— Donc Leonardo Ravenino obtient toujours ce qu'il veut ?

— Oui, j'imagine. Heureusement pour moi, Mia, son assistante personnelle lorsqu'il est à Londres, gère tout ce qui concerne sa vie personnelle. Notamment les ruptures avec ses petites amies.

— Diriez-vous qu'il traite mal les femmes de sa vie ?

— Pas exactement. En fait, elles espèrent toutes parvenir à l'apprivoiser et à le conduire devant monsieur le maire, mais aucune n'y est encore arrivée. Au bout du compte, elles sont toujours au mieux déçues, au pire très fâchées, comme vous avez pu vous en rendre compte.

Nathalie désigna le bouquet du menton.

— Mia a un contrat avec le fleuriste du quartier.

— En travaillant ici, vous devez entendre pas mal d'histoires, j'imagine.

— Oh oui ! s'exclama la réceptionniste avant de s'assombrir, l'air soudain inquiet. Mais vous êtes journaliste. Je ne vais pas en discuter avec vous comme ça…

— Ne vous inquiétez pas, ce que vous me direz restera confidentiel. Mon interview concerne un article sur l'énergie thermique des océans. Pas franchement un sujet pour les tabloïdes, vous voyez.

Nathalie lui adressa un sourire complice et se pencha vers elle pour murmurer :

— Dans ce cas, je peux vous raconter…

Une heure supplémentaire s'écoula avant l'arrivée de Leonardo Ravenino. Sa limousine à peine arrêtée devant l'immeuble, il en descendit en compagnie de plusieurs hommes. Emma le repéra aussitôt. Grand – un mètre quatre-vingt-quinze, disait-on –, brun, large d'épaules, la mâchoire volontaire, il avançait tout en lançant des ordres.

Le temps qu'Emma se lève et traverse le hall, le groupe s'engouffrait déjà dans l'ascenseur. Consciente d'être sur le point de laisser passer sa seule et unique occasion de l'interviewer, elle tendit la jambe entre les portes en train de se refermer.

— Attendez ! Je suis Emma Quinn, du *Paladin*.

Un homme à la musculature imposante fit un pas en avant pour l'empêcher d'avancer.

— Mademoiselle, veuillez enlever votre pied, s'il vous plaît !

— Je le ferai, mais j'ai rendez-vous avec le *signor* Ravenino. Je l'attends depuis des heures. Tenez, voici l'e-mail de confirmation.

Sans prendre la peine de regarder le téléphone qu'Emma lui tendait, l'homme renouvela son ordre, mais une voix grave au léger accent italien s'éleva derrière lui :

— Je m'en occupe, Harry.

L'instant suivant, Leonardo Ravenino sortait de l'ascenseur et se tenait debout devant elle. Sa beauté était incontestable, mais le plus impressionnant était l'assurance qui irradiait de sa personne. Il donnait l'impression de se sentir inattaquable, invincible, et la légère barbe ombrant ses joues lui donnait un air sauvage presque dangereux. Il la regarda quelques secondes, droit dans les yeux, puis fit signe aux gens qui l'accompagnaient de monter sans lui.

— Mademoiselle Quinn, avez-vous dit ?

Il fronçait les sourcils comme s'il avait du mal à la situer.

— Oui, c'est ça, Je suis journaliste au *Paladin* et je suis venue pour l'interview que vous avez accepté de m'accorder.

L'expression surprise de Leonardo n'ayant rien d'encourageant, Emma précisa :

— Nous devions discuter des investissements en énergie renouvelable de Raven Enterprises. J'avais rendez-vous à 15 heures.

— Dans ce cas, je vous prie d'accepter mes excuses.

De toute évidence, il avait oublié cet engagement. Son assistante ne faisait donc pas son travail ?

— Bien sûr. Pourrions-nous faire l'interview maintenant ?

— Je suis désolé du malentendu, mais c'est impossible.

— Non !

Tout en laissant échapper cette exclamation, Emma avait spontanément posé la main sur le bras de l'homme d'affaires. Elle la retira aussitôt pour poursuivre :

— Il n'y a pas de malentendu, vous aviez donné votre accord.

— Eh bien, je le reprends. Cela ne vous dérange pas trop, j'espère ?

Emma sentit la panique la gagner. Elle avait vraiment besoin de cet article pour asseoir sa position au journal.

— Si, justement ! C'est important pour moi.

— Hélas, j'ai eu un contretemps et je suis donc au regret de devoir annuler l'entretien.

Malgré ses paroles, son expression n'indiquait pas le moindre regret. Plutôt une indifférence distraite.

— Je vous en prie, le supplia-t-elle. Ce ne sera pas long. Tout au plus une heure.

— Je suis navré, mais…

— Et un peu plus tard dans la soirée ?

— Si vous voulez bien m'excuser…

Comme Leonardo se tournait vers l'ascenseur, Emma lui saisit à nouveau le bras et, sans se soucier de sa réaction cette fois, insista.

— Votre temps est compté, j'en suis consciente, dit-elle, mais vous m'avez donné un rendez-vous et il vous incombe donc de l'honorer. Surtout après m'avoir fait attendre plus de trois heures.

Leonardo se retourna et se campa devant elle, les bras croisés.

— Vraiment ?

Ayant enfin obtenu sa totale attention, Emma laissa retomber sa main.

— Oui, vous devez m'accorder au moins une heure de votre précieux temps.

Et, le voyant jeter un coup d'œil à sa montre, elle ajouta :

— Quel que soit le moment qui vous conviendra, je m'adapterai.

Il haussa les sourcils, toute trace de contrariété disparut de son visage, et un sourire à peine perceptible releva même les commissures de ses lèvres. Ses yeux semblaient flirter avec elle. Emma sentit le sang affluer à ses joues tandis qu'une nuée de papillons se mettaient, contre toute attente, à folâtrer dans son ventre.

— Parfait, répondit Leonardo. Dans ce cas, ce sera ce soir, dans ma boîte de nuit.

— Vous voulez faire l'interview dans votre boîte de nuit ? fit-elle.

— Absolument !

Leonardo inclinait la tête sur le côté, comme s'il parlait à une personne un peu obtuse, ou, pire, qui s'était méprise sur le but de ce rendez-vous. Elle redressa les épaules et prit son ton le plus professionnel.

— Très bien.

— *Bene*. Disons 23 heures ?

À cette heure, Emma était d'ordinaire couchée avec un roman historique, et certainement pas en train de se déhancher dans un night-club.

— N'est-ce pas un peu tard ?

Leonardo haussa les épaules. La réponse était claire : c'était à prendre ou à laisser.

— D'accord, s'empressa-t-elle d'acquiescer. 23 heures.

— Vous connaissez l'adresse ?

— Oui.

Le Hobo était l'un des night-clubs les plus célèbres de Londres, et toutes les personnalités en vogue se devaient de le fréquenter. Selon la rumeur, Leonardo l'avait gagné sur un pari. Vrai ou faux, Emma n'en avait aucune idée. Beaucoup d'informations concernant cet homme étaient nimbées de mystère.

— Alors à plus tard… Et ne soyez pas en retard !

Ne soyez pas en retard, disait celui qui l'avait fait attendre plus de trois heures. Quel culot !

Emma n'eut toutefois pas le temps de trouver une repartie adéquate. L'ascenseur venait d'arriver, et Leonardo y était déjà entré.

Comme les portes se refermaient, il lui adressa un regard qui la cloua sur place. Ses yeux brillaient de malice.

Il se moquait d'elle !

Elle eut soudain l'impression que le sol se dérobait sous ses pieds.

2.

Pressée d'en finir avec l'interview, Emma quitta son domicile dès 22 heures. À son arrivée et à l'annonce de son nom, un portier en livrée la fit immédiatement entrer, puis escorter jusqu'à une mezzanine cossue, donnant sur la piste de danse et vide de clients. De profonds fauteuils en cuir rouge matelassé y étaient disposés autour de tables basses, l'éclairage était tamisé, et des tableaux modernes ornaient les murs. Venaient-ils de l'exposition dont lui avait parlé Nathalie ? Elle n'aurait su le dire.

Un serveur prit sa commande et revint peu après avec son verre d'eau gazeuse, qu'il déposa théâtralement devant elle comme s'il s'était agi d'un champagne millésimé.

Après en avoir bu quelques gorgées, Emma s'approcha de la balustrade pour regarder les danseurs en contrebas, histoire de tuer le temps. De cet espace, elle pouvait observer sans être vue. En fait, elle ne distinguait qu'une marée de corps, de bras tendus, de têtes et de cheveux qui volaient. Les gens avaient l'air de beaucoup s'amuser. C'était un monde bien différent du sien, un monde dont elle ne ferait jamais partie.

Venir dans une boîte de nuit était en effet une première pour elle. Dès son arrivée à Londres, elle avait dû trouver un travail pour s'assurer logis et subsistance, et toutes ses soirées avaient été consacrées aux études. Même si ses finances le lui avaient permis, elle n'aurait pas eu le loisir de s'adonner à une telle frivolité.

— *Buonasera* !

Emma se retourna en entendant la voix grave de Leonardo Ravenino. Il était juste derrière elle et il se pencha pour la saluer à la manière italienne, avec une bise sur chaque joue.

— J'espère que je ne vous ai pas fait attendre, dit-il.

Elle choisit de ne pas relever la pointe d'humour.

— Non, pas du tout. J'en ai profité pour regarder les danseurs.

Leonardo s'accouda à côté d'elle.

— Fascinant, n'est-ce pas ?

Emma lui jeta un coup d'œil à la dérobée. Un profil viril, un corps élancé, mais dont la musculature se devinait sous le costume taillé sur mesure, une attitude désinvolte et une incontestable sensualité. Pas étonnant que toutes les femmes se jettent à ses pieds !

— Il paraît que vous avez gagné le Hobo à l'issue d'un pari, est-ce vrai ?

Leonardo se tourna vers elle, une lueur d'avertissement dans ses yeux gris. Avait-elle déjà outrepassé les limites ?

— L'interview a donc commencé, mademoiselle Quinn.

Emma s'en voulut de son manque de subtilité. Cet homme avait le don de lui faire perdre ses moyens !

— C'était une simple remarque. En fait, cette activité sort un peu de vos domaines de prédilection et je me demandais si vous aviez l'intention d'investir dans l'industrie hôtelière et dans les loisirs associés.

Leonardo haussa les sourcils. Manifestement, il ne la croyait qu'à moitié. Elle avait cherché à se rattraper et il le savait.

— Non, pas du tout. À présent, pour satisfaire votre curiosité, j'ai reçu le Hobo en paiement d'une dette. Rien de plus. Vous, plus que quiconque, devriez vous méfier de ce que publie la presse à sensation.

— Bien sûr, répondit Emma, mal à l'aise.

— Allons nous asseoir.

Leonardo lui posa une main au creux des reins pour la guider vers son fauteuil. Une bouteille de champagne était mystérieusement apparue sur la table basse. Il remplit deux flûtes et lui en tendit une.

— Non, je vous remercie. Je préfère m'en tenir à l'eau gazeuse.

— C'est très professionnel, mais décevant.

— Pardon ?

— Oui, j'espérais que vous vous joindriez à moi pour une petite célébration.

— Que fêtons-nous ?

— Une journée réussie.

Leonardo accompagna son léger sourire d'un haussement d'épaules désinvolte. Toutes ses journées étaient sûrement réussies, il devait y veiller, songea Emma, qui accepta la flûte et en but une gorgée. C'était bien meilleur que son eau !

Gênée par la manière dont il l'observait, elle sortit le bloc-notes de son sac puis, après un moment d'hésitation, son téléphone.

— Cela ne vous dérange pas que j'enregistre notre conversation ?

— Pas du tout.

Il s'enfonça dans son fauteuil, les bras sur les accoudoirs, et croisa ses longues jambes. Il semblait très décontracté, mais Emma resta sur ses gardes. Cette interview était trop importante pour qu'elle la gâche avec le moindre faux pas. Elle posa son téléphone et appuya sur « enregistrement ».

— Raven Enterprises investit dans un certain nombre

de sociétés d'énergie renouvelable. Est-ce un domaine qui vous tient à cœur ?

— Absolument.

Emma nota sa réponse. Enregistrer avait ses avantages, mais elle aimait voir les choses écrites.

— Vous êtes parmi les pionniers à investir dans des start-up, plutôt que dans des sociétés établies de longue date. Pourquoi cela ?

— J'aime être sur une affaire dès le commencement. C'est plus facile à contrôler.

Malgré son ton aimable, Leonardo Ravenino semblait être un homme pour qui le contrôle était essentiel.

— Quelles sont, à votre avis, les sources d'énergie renouvelable les plus prometteuses à long terme ?

— Les protéines biologiques sont intéressantes, répondit-il avant de demander : dites-moi, mademoiselle Quinn, vous habillez-vous toujours de manière aussi conventionnelle ?

Emma releva les yeux de son bloc-notes et eut l'impression d'être emprisonnée par le regard de Leonardo.

Il avait raison, son tailleur bleu marine, son chemisier crème et ses escarpins détonnaient dans ce club à la mode. Dans la mesure où sa garde-robe ne contenait aucune tenue de soirée, elle songea qu'elle aurait peut-être dû faire un saut dans une boutique pour s'en acheter une.

— C'est ma tenue de travail, *signor* Ravenino. Et, je vous en prie, appelez-moi Emma.

— Dans ce cas, appelez-moi Leo. Vous ne mélangez donc jamais travail et plaisir, Emma ?

— Mon travail me procure beaucoup de plaisir, si c'est là le sens de votre question.

Ce qui était vrai. Être employée au *Paladin* était à la fois un plaisir et la réalisation d'un objectif. Ces années passées dans une chambre minuscule, à se nourrir de conserves, à s'épuiser dans de petits boulots la journée et à étudier le soir jusqu'à ce que ses yeux se ferment, avaient certes représenté des sacrifices, mais chacun d'eux l'avait éloignée du chaos de sa vie familiale et rapprochée d'un avenir brillant désormais à portée de main.

— Non, ce n'était pas le sens de ma question.

Leonardo se pencha pour remplir leurs verres, et Emma se rendit compte avec surprise qu'elle avait presque terminé le sien.

— Je me demandais simplement si, sous vos allures très strictes, sommeillait une fêtarde.

— Absolument pas, répondit-elle, pressée de passer à sa question suivante. Pourriez-vous s'il vous plaît me donner des détails sur le rôle des protéines biologiques ?

— Aimez-vous danser, Emma ?

— Danser ? Non. En fait, je ne sais pas.

— C'est impossible, tout le monde sait danser. Il suffit de se décontracter et de se laisser porter par la musique.

Là-dessus, Leonardo se leva et lui tendit la main. Emma le regarda, horrifiée. Il n'allait tout de même pas la forcer à danser ? Mais il agita les doigts avec impatience et, soudain sans voix, elle lui prit la main.

Là où ils se trouvaient, la musique leur parvenait atténuée, un battement sourd, rythmé, comme celui du cœur d'Emma, qui s'était brusquement emballé au moment où Leonardo l'avait attirée contre lui. Il avait posé une main au creux de ses reins, l'autre sur son épaule. Il la tenait assez fermement pour la guider, mais pas de manière intime, avec respect. Ils étaient si proches qu'Emma sentait sa chaleur, son souffle sur ses cheveux et la divine odeur de son eau de toilette. Rien de cela n'atténuait sa panique. Heureusement, leurs mouvements étaient en parfaite harmonie. Et elle ne lui avait pas écrasé les pieds !

— Où en étions-nous ? demanda soudain Leonardo.

Il fallut quelques secondes à Emma pour comprendre de quoi il parlait. Toujours s'attendre à l'imprévisible avec cet homme, avait dit Nathalie… Un point cependant était positif. Elle avait craint qu'il soit renfermé et c'était tout le contraire : Leonardo était charmant, il répondait poliment à chaque question, sans toutefois trop se livrer.

Elle passa mentalement en revue sa liste puis, reculant la tête pour le voir, demanda :

— Envisagez-vous de développer vos activités avec d'autres sources potentielles d'énergie renouvelable ?

— Je suis toujours ouvert aux idées nouvelles. Il faut étudier les données scientifiques puis décider lesquelles soutenir. C'est un peu comme dans les courses hippiques.

— Vous diriez-vous parieur ?

— Il y a toujours une certaine excitation liée au risque, déclara-t-il sur un ton confidentiel. Et une grande satisfaction lorsque la prise de risque rapporte.

— Et quand ce n'est pas le cas ?

— Eh bien, on tourne la page et on passe à autre chose, mademoiselle Quinn. La vie est trop courte pour ressasser les échecs.

Il laissa alors retomber la main posée sur l'épaule d'Emma et demanda :

— Encore un peu de champagne ?

— Non, je vous remercie. En revanche, je m'assiérais volontiers.

— Bien sûr !

Trouvant subitement l'air suffocant, Emma ôta sa veste de tailleur et défit le premier bouton de son chemisier tout en s'efforçant de ne pas prêter attention à Leonardo, qui suivait chacun de ses mouvements. Elle reprit ensuite son bloc-notes, croisa les jambes et se prépara à poser la question suivante de sa liste.

Leonardo observait la jeune journaliste du *Paladin* avec intérêt. Même sans sa veste de tailleur, elle conservait son aspect guindé. L'inviter à danser dans le but de la mettre à l'aise avait donc échoué. Pourtant, en dépit de sa tenue et de son maintien très strict, Emma Quinn avait des attitudes intrinsèquement sexy. Ses moues, sa manière de se mordre la lèvre inférieure ou de le regarder de dessous sa frange…

Elle était dotée d'une beauté naturelle, mais semblait ne pas en tirer vanité. En outre, elle était intelligente. À la réflexion, l'inviter à danser avait été un acte égoïste. Il n'avait pu résister à l'envie de découvrir la sensation de son corps contre lui.

Une façon agréable de clôturer une journée chargée. Le genre de journée qu'il préférait, où il parvenait à caser un maximum d'activités en un minimum de temps. La pression le stimulait et, selon la façon dont ses employés la géraient, il reconnaissait les meilleurs. Certaines fois, une cadence rapide lui permettait de conclure un important marché avant la société rivale, ce qui avait été le cas cet après-midi-là.

Il avait donc passé une journée si intéressante qu'il en avait oublié l'interview. Quant à sa secrétaire, soumise au même rythme que lui, elle n'avait pas dû trouver le temps de l'annuler.

Si Mlle Quinn n'avait pas été aussi insistante dans le hall, il l'aurait probablement congédiée. À l'origine, il avait accepté le rendez-vous dans le seul but de calmer les membres du conseil d'administration, qui voulaient voir son nom attaché à une publicité plus positive. Selon eux, les photos de lui et les articles de presse qui évoquaient les soirées qu'il passait en galante compagnie nuisaient à l'image de Raven Enterprises auprès de leurs investisseurs et risquaient de leur faire perdre confiance dans la société.

Leonardo s'était abstenu de leur faire remarquer que sa vie privée ne regardait personne. En affaires, les relations humaines étaient primordiales et, aussi puissant soit-il, il n'était pas au-dessus du jugement. Aussi avait-il accepté la demande d'interview. Un article sur les investissements de Raven Enterprises dans les énergies renouvelables ne pouvait avoir que des retombées positives.

Et Mlle Emma Quinn avait visiblement potassé le sujet avant de venir.

— L'avenir de la planète vous intéresse, pourtant vous voyagez aux quatre coins du monde à bord de votre jet privé. Cela ne vous pose pas de problème de conscience ?

Elle fit passer une mèche de cheveux derrière son oreille en attendant sa réponse, mais cela n'atténua pas le côté blessant de la question.

— Vous supposez donc que je possède une conscience, mademoiselle Quinn.

Cette réponse la prit de toute évidence au dépourvu. Elle se figea, stylo en l'air, mais ne releva pas la tête. Leonardo en éprouva une certaine satisfaction, même s'il savait qu'il n'aurait pas dû la provoquer.

— Les voyages internationaux sont un mal nécessaire quand on fait des affaires, poursuivit-il. Un jet privé permet de gagner du temps, c'est la seule raison.

— Qu'en est-il de vos voitures de sport ou de votre luxueux yacht ?

Elle l'attaquait résolument à présent.

— Les voitures de sport sont une de mes faiblesses, répliqua-t-il avec un sourire. Je n'ai jamais prétendu être parfait.

Il la vit se pincer les lèvres comme si elle se retenait de lui donner son avis. Sa désapprobation était manifeste. Cela amusa Leonardo.

— Vous ai-je déçu, mademoiselle Quinn ?

— Pas du tout. Pourquoi serais-je déçue ? Je ne me suis jamais figuré que vous étiez parfait !

Excellente réponse ! Plus cette jeune femme refusait de se laisser séduire, plus elle l'intéressait. Il se renfonça dans son siège et croisa les jambes avec nonchalance.

— On dirait que je vais devoir faire attention à ne pas vous sous-estimer.

— Avez-vous l'habitude de sous-estimer les femmes ? répliqua-t-elle du tac au tac.

— Non, je les admire au contraire.

— Et elles aussi vous admirent, semble-t-il.

Leonardo se contenta de hausser les épaules.

— Diriez-vous que vous êtes une personne honorable, *signor* Ravenino ?

— Absolument.

— J'étais dans le hall de réception de Raven Enterprises cet après-midi lorsque Vogue Monroe est venue.

C'était donc là qu'elle voulait en venir ! Il avait bien fait de ne pas la sous-estimer. En dépit de son air innocent, cette journaliste était redoutable. Il aurait dû ignorer ce commentaire, mais le regard plein de défi de son interlocutrice le poussa à répondre. Il se rapprocha alors de la table basse, posa les coudes sur les genoux et se prit le menton dans les mains.

— C'était un incident malheureux. Les femmes avec qui je sors connaissent mes règles. Si elles choisissent de les ignorer, c'est leur problème.

— C'est donc vous qui fixez les règles…

— Absolument. Cela vous pose-t-il un problème ? demanda-t-il en se réinstallant confortablement dans son fauteuil.

— Je ne suis pas là pour porter de jugement sur vous, mais pour établir des faits.

Disait-elle, tout en lui décochant un regard accusateur !

Mais l'opinion qu'elle avait de lui n'avait pas d'importance. Ce qui en avait, en revanche, c'était le contenu de l'article qu'elle allait écrire.

— Vous êtes venue me voir, à ce que j'ai compris, pour rédiger un article au sujet de l'investissement de Raven Enterprises dans les énergies renouvelables. Je n'avais pas compris que votre intérêt s'étendait à mes valeurs morales.

— Ce n'est pas le cas, assura-t-elle.

Et pour prouver ce point, elle posa son bloc-notes et son stylo sur la table.

— Le tout, c'est que nous soyons tous les deux d'accord sur ce point, dit-il. Je détesterais découvrir qu'il y a eu un malentendu sur le but de cette interview.

— Il n'y en a pas.

— *Bene*. Dans ce cas, nous en avons fini ?

— Oui. Je vous remercie de m'avoir accordé de votre temps.

Leo se leva et la regarda ranger ses affaires, puis remettre sa veste.

— Comment rentrez-vous ?

— En métro.

— Il est trop tard, les trains ont fini de circuler. Mon chauffeur va vous raccompagner.

Voyant qu'elle s'apprêtait à protester, il poursuivit sur une impulsion :

— Non, en fait. Je vais le faire moi-même dans ma voiture de sport !

— Ce n'est pas nécessaire, je prendrai un taxi.

— J'insiste. J'adore conduire en ville la nuit. Ce sera un plaisir !

Il posa une main au bas du dos d'Emma et la guida vers la sortie. Sans qu'il puisse s'expliquer pourquoi, il n'était pas encore prêt à lui dire adieu.

3.

Leo entra l'adresse d'Emma Quinn dans le navigateur GPS de sa voiture. Elle habitait le Nord de Londres, dans un quartier où il ne s'était jamais aventuré. Sa connaissance de la capitale britannique se limitait à la City, à West End et aux quartiers huppés où les privilégiés vivaient dans de belles demeures géorgiennes ou dans des penthouses. Lui ne possédait pas de résidence en Angleterre. Ses séjours y étant brefs, il préférait loger à l'hôtel. C'était plus simple ainsi. Et depuis que sa vie avait implosé du jour au lendemain, trois ans auparavant, il évitait les complications.

À partir de ce jour, armé de la farouche détermination de se construire un empire, il avait consacré son énergie à fonder et faire prospérer Raven Enterprises. Opération réussie ! Leonardo Ravenino était désormais un milliardaire très respecté dans le monde des affaires. On l'appelait même « l'Homme aux Doigts d'Or ». Sa capacité à découvrir les start-up prometteuses et à les soutenir quand d'autres les considéraient trop risquées lui avait valu une réputation de pionnier téméraire. Leo, lui, attribuait son succès à un dur labeur et à de méticuleuses études. Il devait cependant reconnaître avoir souvent eu la chance de son côté, en particulier lors de ses fréquentes virées dans les casinos.

Il se cala dans son siège, appréciant la finesse du cuir

et le ronronnement feutré du moteur tandis qu'il roulait le long de la Tamise, puis jeta un coup d'œil à sa passagère.

— Vous êtes londonienne, Emma ?

— Non, mais je vis ici depuis huit ans.

— D'où êtes-vous ?

— Je suis originaire de l'Ouest.

Sa réponse vague attisa la curiosité de Leo.

— Donc, vous êtes venue chercher la fortune et la gloire dans la capitale ?

Un petit rire échappa à Emma.

— Pas exactement. Je suis plutôt venue commencer une vie différente.

Intéressant. Qui disait nouvelle vie disait insatisfaction avant cela. Leo garda les yeux rivés sur la route, attendant une précision, mais Emma resta obstinément silencieuse.

— Avez-vous toujours voulu faire carrière dans le journalisme ?

— J'aime écrire, en particulier quand cela oblige à faire des recherches d'informations sur tel ou tel sujet que je traite. Je pensais faire une licence d'histoire, puis j'ai pensé que j'aurais plus de chances de trouver du travail en m'orientant vers le journalisme.

— C'était bien raisonné, mais c'est un monde très compétitif, n'est-ce pas ?

Et impitoyable, s'abstint-il d'ajouter. Or cette jeune femme lui paraissait trop innocente pour rivaliser avec les journalistes acharnés qu'il avait eu l'occasion de rencontrer. Il avait cependant eu un aperçu de sa détermination dans ses grands yeux bleus, et il la savait intelligente.

— Très compétitif, en effet.

— Vous avez pourtant réussi à obtenir un poste fixe au *Paladin*.

— Oui. Je dois toutefois avouer que cette interview est la première que je dois mener seule. Jusqu'ici, j'ai essentiellement suivi Don, le rédacteur en chef. J'effectuais les recherches et j'écrivais les articles pour lui.

— Ce qui explique votre résolution à m'empêcher d'annuler votre rendez-vous.

— Oui, il était hors de question que je rentre au bureau après un échec.

— Je suis désolé de vous avoir compliqué la tâche.

— Ce n'est pas grave, on a fini par y arriver.

Leo arrêta la voiture à un feu rouge. La nuit était douce en ce mois de juin et il baissa sa vitre pour appuyer son coude sur la portière. La rue était déserte, à l'exception d'un groupe de gens attroupés devant d'un camion qui vendait des kebabs.

— Vous n'auriez pas faim, par hasard ? demanda-t-il à Emma.

— Non.

Elle était toujours sur la réserve. Dommage, car lui-même se sentait détendu.

— Ça ne vous ennuie pas si je vais me chercher un petit en-cas ?

— Je vous en prie, allez-y !

Leo se gara, puis rejoignit la file d'attente. En tournant la tête, il vit Emma abaisser le pare-soleil pour se regarder dans le miroir de courtoisie. Elle n'était donc pas totalement dépourvue de vanité. Ni insensible à son charme. Cette pensée lui plut beaucoup. Mlle Quinn, décida-t-il, serait son défi du moment. Il trouverait le moyen de percer son abord guindé, même si cela devait lui prendre toute la nuit.

Une idée étonnamment réjouissante…

Emma n'aurait jamais pensé se retrouver assise à 2 heures du matin sur un banc face à la Tamise en compagnie d'un séduisant milliardaire italien. C'était pourtant le cas.

Bien qu'elle ait prétendu ne pas avoir faim, Leo était revenu à la voiture avec deux kebabs. Il lui en avait tendu un de telle manière qu'il aurait été grossier de le refuser. Dès la première bouchée, son appétit était revenu comme par enchantement, et tous deux s'étaient mis à bavarder. Petit à petit, Emma s'était détendue, elle s'était même sentie très bien. C'était peut-être dû à l'atmosphère douillette de la nuit tiède, ou au fait de partager une activité ordinaire. Leo semblait lui aussi très à l'aise. Le charme mondain dont il avait fait preuve au Hobo avait disparu au profit d'une attitude décontractée qui le rendait plus abordable. Et très attirant.

Il s'était intéressé à son travail, avait fait des commentaires pertinents, lui avait raconté des anecdotes à propos du sien. La conversation était devenue fluide, passant de leurs endroits préférés à Londres à leurs goûts culinaires. Ils s'étaient même demandé quelle était la profondeur de la Tamise et où dormaient les pigeons.

Leo était intelligent, vif d'esprit et d'agréable compagnie. De plus, il la faisait vibrer de désir de la tête aux pieds. Emma avait l'impression d'avoir le corps électrifié. Chaque fois que leurs mains ou leurs genoux s'effleuraient par inadvertance, tout son être frémissait. La sensualité inhérente à Leo semblait s'être infiltrée en elle.

Une heure était passée depuis qu'ils avaient fini leurs kebabs sans qu'aucun d'eux ait fait mine de vouloir rentrer.

Leo passa alors un bras sur le dossier du banc derrière elle, pencha la tête en arrière et déclara.

— La nuit est superbe, le ciel, si clair !

Emma regarda à son tour.

— J'adore observer les étoiles. Quand j'étais petite, j'ai appris à reconnaître les différentes constellations.

— Excellent, mademoiselle Quinn ! répliqua-t-il en se rapprochant. Alors que voyez-vous là-haut ?

— Il y a pas mal de pollution lumineuse…

— Je n'accepte aucune excuse. Allez-y !

— D'accord ! acquiesça-t-elle en riant. La Grande Ourse est juste au-dessus de nous. Ce n'est pas à proprement parler une constellation, mais une partie d'Ursa Major, du même nom en latin. En suivant sa queue vers l'ouest, on rencontre Arcturus, l'une des étoiles les plus lumineuses de l'hémisphère Nord qui, dans quelques millions d'années, terminera sa vie en nébuleuse.

— Fascinant.

— Plus loin se trouve la Couronne boréale.

— Vous a-t-on déjà dit que vous aviez un très joli cou ?

Emma se figea, tête en arrière, le cœur battant à tout rompre.

— Non.

— J'aimerais beaucoup l'embrasser.

La bouche de Leo était si proche qu'Emma sentit son souffle sur sa peau. Lorsqu'il posa les lèvres à la base de sa gorge puis parsema son cou de baisers, elle ferma les yeux, goûtant les frissons qui se propageaient sur son corps.

Arrivé à son oreille, Leo s'arrêta. Emma ouvrit les yeux, releva la tête et croisa son regard. La seconde suivante, il prenait possession de sa bouche.

Une onde brûlante se déversa dans ses veines. C'était donc cela, un baiser. Ce déferlement de sensations si exquises que l'on ne voulait surtout pas que ça s'arrête…

Sans réfléchir, Emma enlaça alors Leo, se pressa contre son large torse, sentit ses muscles tendus. Il se leva avec elle sans cesser de l'embrasser et de lui passer les mains dans les cheveux. Comme il la plaquait contre lui, elle sentit l'importance de son érection, et un désir brûlant s'abattit sur elle. Si elle avait éprouvé un soupçon de réticence un peu plus tôt, elle n'avait plus aucune envie de se séparer de lui. Son corps était en feu et en réclamait davantage.

Leo lui souleva le menton.

— Emma ?

C'était tout à la fois une question et une promesse. Il scruta son regard, puis ajouta :

— Mon hôtel est à quelques minutes d'ici.

Emma comprit immédiatement le sens de cette précision. Elle fit un pas en arrière, vacillant sur ses talons. Vu de l'extérieur, rien n'avait changé. Son apparence restait la même, sévère et sérieuse. À l'intérieur en revanche, le sang bouillonnait dans ses veines, ses seins étaient devenus lourds, leurs pointes s'étaient tendues, sa peau était parcourue de frissons, et un brasier lui consumait le ventre.

Elle s'efforça de reprendre ses esprits. Leonardo Ravenino était un homme dangereux. La réputation qui le précédait en disait long là-dessus. Elle avait été témoin de la scène de Vogue Monroe. Les histoires racontées par Nathalie avaient confirmé ses doutes : cet homme était impitoyable en affaires comme dans ses relations amoureuses.

Emma savait ce qu'il offrait : une nuit ou deux, rien de plus. Le comportement raisonnable consistait donc à décliner son offre et demander à rentrer. Même si Leo avait flirté avec elle depuis son arrivée au Hobo, il l'avait fait de manière suffisamment subtile et désinvolte pour qu'elle l'ignore, pensant que c'était une attitude naturelle chez lui. Or elle était programmée pour repousser les avances. Cela lui avait d'ailleurs valu le surnom de Reine de Glace.

Mais il y avait eu ce baiser et il n'y avait plus rien de glacial en elle. Chaque cellule de son corps vibrait. Une subite témérité lui enjoignait de saisir cette chance qui lui était donnée de sortir de sa petite vie sécurisée si confinée. En voyant les danseurs sur la piste, elle avait envié leur liberté, pris conscience de son éternelle tension, souhaité oublier ses inhibitions pour vivre davantage l'instant présent. Or Leo lui offrait cette possibilité et attendait sa réponse, patient, en silence.

Son regard brûlant brillait dans la nuit. Le désir semblait avoir imprégné l'atmosphère, mais il ne cherchait pas à la convaincre avec un autre baiser passionné. Au lieu de cela, il faisait preuve d'un respect dont elle ne l'aurait pas cru capable. Il la laissait maîtresse de sa décision.

Elle la prit en un éclair.

— Allons-y !

Le sourire d'Emma amplifia le désir de Leo. Ce fut comme si un poids désertait sa poitrine. Il s'aperçut qu'il avait retenu son souffle.

Attendre sa décision avait mis sa patience à rude épreuve. Faire l'amour à Emma lui était soudain apparu comme étant d'une importance capitale. L'attirance modérée qu'il avait eue pour elle au départ s'était transformée en un besoin urgent. Tout à la fois fasciné et stupéfait par l'extraordinaire effet que cette femme avait sur lui, il avait dû faire usage de toute sa maîtrise pour contenir sa libido, se retenir d'obtenir son acceptation grâce à un assaut de charme. Jamais il n'avait autant désiré une femme. Ou, en tout cas, cela ne lui était pas arrivé depuis très longtemps.

Mais il avait réussi.

Enfin, presque. Dans dix minutes ils seraient dans sa chambre.

Sans plus attendre, il lui prit la main. Arrivé devant la voiture, il lui tint la portière ouverte. Au lieu de s'asseoir, elle se tourna vers lui. L'expression de son visage levé vers le sien était impossible à lire dans la pénombre, mais elle se tenait très droite, comme solennelle. Avait-elle changé d'avis ? Il se raidit, se préparant à la terrible frustration de devoir la raccompagner chastement chez elle.

Mais au lieu de parler, Emma lui prit le visage entre les mains et l'attira vers elle. Comme leurs lèvres s'unissaient, un nouvel accès de désir traversa le corps de Leo, fulgurant et brûlant. Comment diable cette femme parvenait-elle à le mettre dans un tel état ? Il glissa les mains sous la veste du tailleur pour les poser sur les seins d'Emma, dont il sentit les pointes dures sous ses doigts. Elle le désirait donc. Un besoin urgent de la caresser faillit avoir raison de lui. Toutefois, il voulait prendre le temps de découvrir son corps.

— En route ! lança-t-il.

Dès qu'elle fut installée, Leo fit le tour de la voiture et démarra en faisant rugir le moteur. Ce démarrage sur les chapeaux de roues était en harmonie avec le désir qui rugissait dans ses veines. Quelques minutes plus tard, il confiait ses clés au voiturier et entraînait Emma vers l'ascenseur.

Les portes à peine refermées, ils étaient dans les bras l'un de l'autre. Leur ardeur ne diminua pas à l'arrivée à l'étage. Ils titubèrent, enlacés, jusqu'à la chambre, riant de leur empressement, de la folie de l'instant. Les mots étaient superflus.

Les yeux plongés dans ceux d'Emma, Leo lui ôta sa veste de tailleur, sa jupe, déboutonna en toute hâte les boutons de son chemisier. Il se débarrassa ensuite de ses propres vêtements en un tour de main et mit un préservatif. Lorsqu'il se retourna, Emma était allongée sur le lit, nue, les bras relevés au-dessus de la tête, offerte. Il la contempla un instant en silence.

Elle était sublime avec ses joues rosies, ses cheveux

étalés sur l'oreiller, ses lèvres pulpeuses entrouvertes en un sourire heureux et ses yeux bleus brillant de désir.

Dès qu'il l'eut rejointe, Leo lui prit les seins en coupe et en titilla les pointes avant de les embrasser, l'une après l'autre. Emma se tendit vers lui en gémissant.

— *Così bella*, murmura-t-il d'une voix rauque. Vous êtes si belle…

Jamais il n'avait été la proie d'une telle émotion, et encore moins d'un désir aussi urgent. Incapable de se contenir plus longtemps, il écarta les jambes d'Emma et se positionna au-dessus d'elle.

Emma regarda le beau visage de Leo pour en fixer chaque détail dans sa mémoire. Ses pupilles étaient dilatées, mais sa bouche était serrée, comme s'il luttait pour se retenir, comme s'il se concentrait avant de la posséder. C'était elle qui lui faisait cet effet…

Enhardie, elle saisit la tête de Leo pour l'attirer vers sa bouche. Leurs lèvres se trouvèrent, leurs langues se mêlèrent en un baiser passionné. Le corps en feu, elle tendit les hanches vers lui. Leo s'abaissa alors lentement. Elle sentit sa peau sur la sienne, puis son érection qui pressait le cœur de son intimité. Le moment était venu. Elle allait changer à jamais.

— *Dio*, Emma, murmura-t-il.

Et il la pénétra.

Emma laissa échapper un cri. Leo s'immobilisa aussitôt. Elle lui entoura alors la taille de ses jambes ; il lui saisit les fesses et l'attira plus profond. Les minutes suivantes furent tout à la fois une révélation, un enchantement et une explosion des sens.

Lorsqu'elle sentit une succession de spasmes l'agiter tout entière, elle s'était déjà abandonnée corps et âme.

4.

Les premières lueurs de l'aube filtraient à travers les rideaux lorsque Leo se réveilla. Emma dormait à côté de lui. Même dans le sommeil, alors que ses cheveux emmêlés couvraient partiellement son visage, ses traits conservaient une certaine gravité.

Il vit ses paupières frémir légèrement, sa bouche esquisser une moue, et un soupir s'échappa de ses lèvres. Ces mêmes lèvres qui avaient parcouru son corps, faisant naître en lui, sur leur passage, les plus délicieux frissons. Il l'avait laissée faire, enchanté de sa délicatesse, de son inexpérience. Il l'avait même encouragée. Sauf au moment où elle avait voulu… Au moins, il avait eu la décence de ne pas accepter cette autre « première », même si tout son être la désirait.

Un accès de conscience bien déplacé, car Emma était vierge, et cela ne l'avait pas arrêté. Il lui avait pris son innocence, que diable ! Certes, il ne s'en était aperçu qu'au dernier moment, mais il aurait pu se retirer. Il aurait dû ! Au lieu de cela, il avait abandonné toute volonté, cédé à la tentation, au désir qu'il avait d'Emma. Il avait ignoré la voix de la raison.

Et pas une seule fois : toute la nuit ! Elle s'était offerte à lui avec une générosité insoupçonnée, et il en avait profité, encore et encore, tant elle l'obsédait. Emma donnait plus qu'elle ne prenait, et plus elle donnait, plus il en voulait. Bien sûr, la première fois passée, le nombre ne comptait plus.

Leo, cependant, ne put accepter la logique retorse de cette pensée. Il avait agi avec cupidité, égoïsme, en ne pensant qu'à lui-même. À un moment de son parcours, son succès avait fait de lui un homme puissant, mais un homme qu'il n'aimait plus, ne respectait plus. Il alignait les conquêtes parce qu'il le pouvait, mais n'en tirait plus guère de satisfaction. Simplement de la vanité.

Comme Emma lui posait un bras sur la taille dans son sommeil, Leo éprouva un profond dégoût de lui-même. Cette femme exceptionnelle méritait mieux que lui. Il avait déjà fait suffisamment de mal. Il devait s'en aller, sortir de sa vie avant de la saccager davantage. C'était le moins qu'il puisse faire pour elle.

Il souleva avec précaution le bras d'Emma, se leva, traversa la chambre sur la pointe des pieds en ramassant ses vêtements éparpillés. Il s'habilla sans bruit dans la salle de bains puis, après un dernier regard, quitta sa suite.

— Ces fleurs viennent d'arriver pour vous, déclara Don en apparaissant devant son bureau. Vous avez fait une énorme impression à quelqu'un, dirait-on.

Emma sut aussitôt qui était le « quelqu'un » en question. Elle prit le bouquet et le posa sur une pile de documents entassés à côté de son ordinateur, tandis qu'une brusque chaleur lui enflammait les joues.

— Inutile d'être gênée, lança le rédacteur en chef en riant. La manière dont vous conduisez vos interviews ne me regarde pas. En revanche, j'espère un excellent article.

Le clin d'œil qu'il lui adressa en tournant les talons mortifia Emma.

— Je le veux pour la fin de la journée, d'accord ?

— Vous l'aurez, assura-t-elle.

Le bouquet, exacte réplique de celui qu'il avait envoyé à Vogue Monroe, semblait la narguer. Quelle insulte ! Emma en avait l'estomac retourné. Ce geste indiquait combien la nuit qu'ils avaient passée ensemble comptait peu à ses yeux. Combien *elle-même* comptait peu pour lui !

Malgré son malaise, elle écarta les fleurs à la recherche d'une carte, d'un message, même court, qui aurait démenti son interprétation. Juste un mot personnel pour dire que leur intimité partagée avait été spéciale pour lui aussi.

Mais il n'y avait rien. Les paroles de Nathalie lui revinrent en mémoire : « Mia a un contrat avec le fleuriste. » Leo ne s'abaissait pas à effectuer ce genre de démarche lui-même, bien entendu. Il l'avait utilisée, puis rejetée, et il allait l'oublier.

Elle n'était pas surprise. En se réveillant seule dans la suite de Leo, elle avait compris le message. Il l'avait quittée sans même un au revoir ! Elle s'était sentie blessée. Très blessée. Mais à quoi s'attendait-elle ? À des mots doux, des doigts entrelacés à la table du petit déjeuner, la promesse de reprendre contact la prochaine fois qu'il viendrait à Londres ? Ce n'était pas le style de Leonardo Ravenino, et Emma le savait.

Cela ne l'avait cependant pas empêchée d'éprouver une sensation de vide douloureux, qui n'avait fait qu'empirer pendant qu'elle rentrait chez elle, se douchait et s'habillait comme chaque matin. Ensuite, elle avait pris le métro, salué ses collègues, elle s'était installée à son bureau et avait commencé à travailler.

En relisant les notes prises la veille au soir, Emma avait eu l'impression qu'elles avaient été écrites une éternité auparavant, par une personne différente. Elle n'avait pas écouté l'enregistrement, car elle ne se sentait pas prête à entendre la voix de Leo. C'était trop personnel, un rappel de lui, l'homme charmant d'un soir. Pour tenir le coup toute la journée, il était impératif d'oublier tout ce qui s'était passé et de se concentrer sur l'article à écrire.

Jusque-là, elle avait réussi. Les cinq cents premiers mots étaient déjà à l'écran. Des phrases concises, informatives et impartiales. Elle était contente de son travail et il lui restait plusieurs heures pour terminer, mais l'arrivée du bouquet l'avait déstabilisée. L'énormité de ce qu'elle avait fait la veille lui était revenue, bloquant toute autre pensée, l'empêchant de se remettre à écrire.

Elle se sentit partir à la dérive. Elle ne se reconnaissait plus. La veille, elle aurait juré ne jamais se laisser prendre au charme d'un homme tel que Leonardo Ravenino. L'idée de le suivre à son hôtel, et de passer la nuit avec lui, lui aurait paru inconcevable. Pourtant elle l'avait fait, de son plein gré, elle s'était donnée à lui avec une urgence jamais éprouvée jusque-là. À quoi bon se targuer d'être intelligente et sensée si c'était pour se comporter comme tant d'autres avec ce séduisant Italien ? Elle n'était rien de ce qu'elle pensait être.

Et ces fleurs qui la narguaient ne faisaient rien pour lui changer les idées. Elle envisagea de les donner à une collègue, mais y renonça. Cela impliquerait des questions et une explication qu'elle n'avait aucune envie de fournir. Elle décida donc de les mettre sous son bureau pour s'en occuper plus tard.

Cela fait, l'inspiration ne revint pas. Des pensées tantôt enfiévrées – aucun regret n'effaçait le souvenir de ces heures délicieuses – tantôt horrifiées ou emplies de honte tourbillonnaient dans son esprit. Les paroles de Vogue Monroe lui revinrent : « un salaud égoïste et arrogant ». Et c'était là l'homme à qui elle avait donné sa virginité ! Le premier de sa vie qu'elle ait désiré…

Emma n'avait jamais considéré sa virginité comme un trésor. C'était plutôt une relique dont on ne se vantait pas. Le défilé des hommes qui étaient passés dans la vie de sa mère, et dans la sienne par la même occasion, l'avait dégoûtée des relations passagères. Il l'avait dégoûtée de l'acte et des hommes en général. Le traumatisme avait laissé une marque indélébile.

Aussi, n'ayant jamais rencontré quiconque capable de la faire changer d'avis, Emma s'était convaincue d'être réellement une Reine de Glace, trop froide ou meurtrie pour désirer des relations amoureuses. Le célibat lui convenait. Ce qu'elle voyait des liaisons compliquées ou douloureuses des autres ne la tentait pas.

La soirée avec Leo avait cependant tout changé. La puissance de l'attirance entre eux l'avait submergée, électrisée, enivrée comme un alcool fort. Même si cela ne justifiait pas ce qu'elle avait fait, c'était la seule explication.

Emma regarda son écran et, sur une impulsion, ouvrit une nouvelle page de texte. L'écriture avait toujours été son refuge. Sa manière de gérer l'atmosphère chaotique de sa grande famille dysfonctionnelle avait été de s'isoler pour consigner sur papier ses peurs, ses frustrations et ses colères dans un style amusant, fébrile ou furieux selon le ressenti du moment. C'était un acte thérapeutique. Ensuite, elle allait mieux et brûlait les feuillets.

Cette méthode lui permettrait peut-être, une fois encore, d'évacuer ses pensées tumultueuses et ce qui lui pesait sur le cœur. Écrire sans retenue, pour ses propres yeux seulement. Après, elle pourrait se concentrer sur son article.

Emma posa les doigts sur le clavier.

À l'intérieur du monde de Leonardo Ravenino : la vie et les amours d'un play-boy latin milliardaire !

Le titre lui était venu spontanément. Emma poursuivit sur sa lancée.

— *Che diamine !* Comment avait-elle pu lui faire ça ?

Leo fixait l'article, horrifié, incapable de croire qu'Emma puisse en être l'auteure. Pourtant, son nom figurait bel et bien sous le titre : « par Emma Quinn ». Rien, au cours de l'interview, et encore moins pendant la nuit, ne laissait prévoir un tel déversement de fiel. Ah, il s'était bien trompé sur cette femme…

Il survola à nouveau la page du journal. Certains passages le frappaient douloureusement. Des détails sur sa vie privée étalés aux yeux de tous. Cet article le décrivait comme un coureur de jupons sans cœur, une sorte de monstre obsédé par le plaisir sexuel. Le genre d'homme auprès de qui aucune femme ne pouvait se sentir en sécurité.

Brisant le cœur d'une femme de la haute société anglaise après qu'elle avait annoncé leur prochain mariage à sa famille.

Notifiant la fin de leur relation à une héritière italienne, avant de l'abandonner sur son yacht dans le Sud de la France.

Laissant ses employés gérer les visites hystériques de ses anciennes maîtresses à son bureau.

Leo serra les poings. Comment avait-elle osé ? En plus, non contente de s'attaquer à sa vie privée, elle avait aussi fouillé son passé, évoqué ses fiançailles et la raison de son brusque départ de la principauté de Ravenino.

Son ex-fiancée a-t-elle été une autre victime de ce séducteur sans cœur ?

Ou bien, le manque de sérieuses dispositions pour la fidélité et la direction d'une principauté a-t-il coûté à ce play-boy latin sa future épouse et son titre ?

Pris d'une rage incontrôlable, Leo roula le journal en boule et le lança dans la corbeille à papier. Comment diable avait-il pu aussi mal juger cette femme ? Lui, qui se flattait de son intuition, de sa capacité à deviner le caractère des gens, s'était totalement trompé sur Emma Quinn. Dire qu'il s'était laissé leurrer par sa candide « innocence » ! Dire qu'il s'était senti coupable d'avoir pris sa virginité ! À présent, il la voyait telle qu'elle était : une impitoyable opportuniste qui s'était préparée à échanger sa virginité pour un scoop dans un journal de seconde classe.

Eh bien, elle allait vite comprendre son erreur. Quand on trahissait Leonardo Ravenino, on le payait chèrement. Il ne faisait aucune exception.

Leo saisit son téléphone. La précieuse carrière d'Emma Quinn au *Paladin* allait prendre fin.

— Quel gâchis ! déclara le rédacteur en chef en se passant les mains dans les cheveux. J'ai assumé la responsabilité partielle de cet article, que je n'avais pas lu avant de le publier, mais c'est vous que Leonardo Ravenino veut voir partir.

Emma regarda Don, tout à la fois stupéfaite, paniquée et nauséeuse.

— Vous me licenciez ?

— Hélas, oui ! Il a été très explicite. Ou vous partez immédiatement, ou il intente des poursuites judiciaires contre le *Paladin*. Pour être honnête, nous n'aurions aucun argument valable à lui opposer après un tel article.

Don lui indiqua d'un geste le journal étalé sur son bureau. Les mots imprimés noir sur blanc semblaient brûler les yeux d'Emma. Elle avait l'impression de vivre un cauchemar.

La veille, elle s'était vidé l'esprit, avait évacué ses émotions en un mélange de vérités et de rumeurs sur Leo Ravenino, son égoïsme, son manque de moralité, son côté impitoyable sous son charme mondain, ses liaisons et sa manière de traiter les femmes. Elle avait même ajouté ses spéculations sur son passé, se demandant pour quelle raison il n'avait pas hérité du titre de comte et avait quitté la principauté avec une telle hâte. Mais rien de cela n'aurait dû être publié !

Hélas, Emma n'avait pas vu le temps passer. Quand Don était venu lui annoncer qu'il avait besoin de l'article au plus tôt, elle s'était dépêchée de le terminer, mais les émotions ajoutées au manque de sommeil lui avaient apparemment obscurci l'esprit. Dans sa hâte, elle avait appuyé sur « Envoyer ».

Elle s'était aperçue qu'elle avait transmis le mauvais document quelques minutes plus tôt, à son arrivée au journal. Le rédacteur en chef l'avait accueillie avec une expression horrifiée sur le visage, avant de l'entraîner dans son bureau.

À présent, elle mesurait la gravité de son acte. Il signifiait la fin de sa carrière.

— Y a-t-il quoi que ce soit que je puisse faire pour réparer cette bêtise ?

Avant même que Don ne réponde, elle avait déjà perdu tout espoir.

— Je suis désolée, mon enfant. Vous écrivez bien et ferez une très bonne journaliste, mais ce ne sera ni ici, ni chez aucun de nos confrères dans l'immédiat. Ravenino a été intransigeant. Il veut votre départ et nous n'avons pas le choix : nous devons nous assurer qu'il obtienne satisfaction.

5.

Deux mois plus tard

Le siège social de Raven Enterprises était l'immeuble le plus imposant du centre d'affaires de Milan. Une construction postmoderne dont le revêtement métallique étincelait sous le soleil.

Emma leva les yeux vers le haut bâtiment, indécise. Consciente que toute demande de rendez-vous avec Leo aurait été rejetée, elle s'en était abstenue. Cependant, une explication en tête à tête avec lui s'imposait, et elle n'avait aucune idée de la façon de le rencontrer. Le souvenir de Vogue Monroe s'imposait à son esprit. Sur le moment, elle avait été désolée pour la jeune femme qui avait perdu son petit ami, sa fierté et probablement une partie de son cœur. À présent, elle admirait le courage dont elle avait fait preuve. Elle-même n'en avait pas autant pour affronter les agents de sécurité qui, comme à Londres, devaient filtrer les entrées. Elle songeait donc à aller s'installer dans un café voisin pour surveiller la sortie des bureaux lorsque deux hommes en proie à une conversation animée en italien débouchèrent de la grande porte vitrée à tambour.

Le cœur d'Emma fit un bond.

Les deux hommes échangèrent alors une poignée de main et se séparèrent, puis le plus grand tourna soudain les yeux vers elle. Une expression d'intense surprise s'inscrivit sur ses traits, et sa mâchoire se crispa. Son regard gris acier se durcit.

— Que fais-tu ici ? demanda-t-il d'un ton glacial.

Emma avait eu l'intention d'expliquer la raison de sa visite puis de repartir, le tout avec calme, mais une multitude d'émotions l'assaillit en cet instant. Cet homme avait sur elle un impact viscéral ! Le temps de retrouver son souffle, elle déclara, aussi fermement que ses tremblements intérieurs le lui permettaient :

— Je dois te parler.

Leo franchit les quelques pas qui les séparaient et la toisa.

— Ce doit être important pour que tu aies pris la peine de te déplacer jusqu'à Milan ! lança-t-il.

— En effet.

Il scrutait son visage, semblant hésiter. Soudain il lui saisit le coude.

— Viens avec moi !

Et sans un mot de plus, il l'entraîna à travers le hall vers les ascenseurs, tout en lançant au passage une série d'instructions à la réceptionniste. Il n'adressa ni un mot ni un regard à Emma pendant que la cage s'élevait vers le sommet de la tour.

Une fois en haut, ils empruntèrent un long couloir. Devant la dernière porte, Leo tapa un code sur un clavier numérique, puis il introduisit Emma dans une vaste pièce, dont les baies vitrées du sol au plafond offraient une vue panoramique sur Milan. Il lui indiqua un fauteuil face à sa table de travail, s'assit, posa les coudes sur le bureau, croisa les doigts et déclara :

— Je t'écoute.

Le ton dur et l'attitude rigide de Leo ne mirent pas Emma à l'aise, c'était le moins que l'on puisse dire. Elle remarqua qu'il serrait les poings si fort que ses jointures avaient blanchies. Lui non plus n'était pas dans son assiette. En revanche, son hostilité ne faisait aucun doute.

— Tout d'abord, je tiens à m'excuser pour l'article.

— *Le Paladin* a déjà publié des excuses, je n'ai pas besoin d'entendre les tiennes. Si tu as fait tout ce chemin pour ça, tu as perdu ton temps.

Emma ne se laissa pas impressionner.

— Tu dois pourtant les entendre, Leo. J'ai fait une erreur, cet article n'était pas destiné à être publié.

— Tu m'en diras tant ! Comment, dans ce cas, s'est-il retrouvé dans le journal ?

— Parce que j'ai envoyé le mauvais document.

— Allons ! Tu m'as menti d'emblée sur le motif de l'interview. Tu avais dès le départ l'intention d'écrire ce sordide petit exposé.

— Absolument pas ! Je l'ai écrit pour moi seule, dans le but de mettre de l'ordre dans mon esprit. Après ce qui s'était passé, j'avais les idées confuses, j'étais… troublée.

— Et tu veux que je te croie ?

— C'est la vérité, Leo.

— Quoi qu'il en soit, c'était un vicieux mélange de demi-vérités et d'inventions stupides écrit sous ton nom dans un quotidien national lu par bon nombre de gens.

Emma tressaillit. Il avait raison, nier ne servirait à rien. Et comme elle se taisait, Leo poursuivit :

— J'espère que tu t'es sentie mieux après avoir écrit ce que tu avais sur le cœur.

— Certainement pas. J'étais horrifiée en découvrant que ça avait été publié… honteuse. De plus, j'ai perdu mon travail.

— Et ça t'étonne ? Tu as eu de la chance que je ne porte pas plainte contre toi pour diffamation.

Emma n'avait vraiment pas l'impression d'être chanceuse. Se retrouver au chômage était le pire qui lui soit arrivé, et ce n'avait été que le début de ses ennuis, comme elle l'avait découvert plus tard.

— Bon, si tu n'avais rien d'autre à me dire, reprit Leo, notre entretien est terminé.

— Non. En fait, je suis venue discuter avec toi d'un autre sujet.

— Qui est ?

— Je suis enceinte.

Leo resta impassible. Il la dévisagea un long moment sans trahir la moindre émotion. Les rayons du soleil brillaient sur ses cheveux et faisaient ressortir la sévérité de ses traits. Incapable de supporter son regard ou son silence plus longtemps, Emma ajouta :

— J'ai pensé tu devrais être au courant.

Brusquement, Leo se leva pour aller se planter devant la fenêtre, lui tournant le dos.

— Pour quelle raison as-tu jugé bon de me prévenir ?

— Parce que tu es le père, bien sûr.

Il se retourna lentement et lui adressa un regard noir. Emma refusa de se laisser intimider.

— Pourquoi te croirais-je ? Tu me mens depuis l'instant où nous nous sommes rencontrés.

— Je ne t'ai jamais menti. J'ai commis une erreur, c'est tout, et je me suis excusée. Crois-moi, tu es le père, sans aucun doute possible.

— Comment peux-tu en être si certaine ?

— Parce que je n'avais jamais couché avec quiconque avant toi.

Leo s'efforça de ne rien trahir de son tumulte intérieur. Il était en état de choc, pour être exact. Une grossesse était impossible. Il avait utilisé des préservatifs. Enfin, ce n'était pas certain. Dans le feu de l'action, il avait peut-être oublié, à un moment. Il avait fait l'amour à Emma toute la nuit avec un désir toujours renouvelé. Son innocence et sa manière de se donner si totalement à lui l'avaient comblé et avaient éveillé en lui un instinct possessif primaire. Il avait même éprouvé l'envie de la garder à jamais pour lui tout seul.

La fuir, honteux, au petit matin n'avait pas réussi à gommer de ses pensées le souvenir d'Emma. Et pendant qu'il ressassait inlassablement chaque instant de leur nuit, en proie tout à la fois au désir et à la culpabilité, Emma Quinn écrivait un article incendiaire digne du plus odieux journal à scandale ! D'accord, elle avait peut-être envoyé par erreur ce document, comme elle disait, mais quelle importance ? Au moins, il savait à présent ce qu'elle pensait de lui.

La découvrir soudain devant le siège de Raven Enterprises, les yeux écarquillés sous sa frange, lui avait procuré le choc de sa vie. Leo avait eu beau s'efforcer de ne pas penser à Emma, elle avait sans arrêt été présente à son esprit. Si présente qu'il avait perdu toute attirance pour les autres femmes. Cette réaction était probablement à mettre sur le compte de l'orgueil. En effet, s'être trompé sur Emma Quinn l'avait forcé à douter de la fiabilité de son jugement. Rien d'étonnant, donc, à ce qu'il n'ait pas été pressé de faire une nouvelle conquête !

Mais à présent, Emma était revenue, prête à bouleverser son monde, non pas avec sa plume au vitriol cette fois, mais avec un bébé. Son enfant.

Si c'était vrai…

Leo revint se rasseoir à son bureau, décidé à réfléchir calmement. Il ne connaissait pas Emma et ne pouvait donc pas lui faire confiance, surtout après l'épisode de l'article. Elle n'était peut-être pas enceinte. Il pouvait s'agir d'une escroquerie montée dans le but de lui soutirer de l'argent. Et même si elle attendait vraiment un enfant, elle cherchait peut-être à lui faire endosser la paternité d'un autre pour avoir accès à sa fortune.

D'ailleurs, n'était-il pas lui-même le fruit d'un tel subterfuge ? Sa propre mère avait dissimulé à son mari l'identité du véritable géniteur de son fils aîné. Leo n'avait aucune intention de se laisser duper comme Alberto l'avait été.

Fort de ce raisonnement, il déclara :

— Comment puis-je être certain que tu es bien enceinte ? Tu pourrais avoir inventé cette grossesse.

— Pourquoi diable ferais-je cela ? se récria Emma, visiblement déconcertée.

À croire que cette idée ne l'avait même pas effleurée. Elle semblait vraiment innocente, avec son visage sain sans maquillage, ses joues roses et ses cheveux qui retombaient librement sur ses épaules. Elle n'avait même pas fait d'effort vestimentaire. Un jean moulant, un T-shirt ample et des tennis. Ce n'était pas la tenue d'une femme venue séduire un homme dans le but de lui faire endosser une paternité. Pourquoi donc l'attirait-elle autant ?

Leo afficha une insouciance qu'il était loin de ressentir.

— Tu ne serais pas la première à essayer de piéger un homme riche.

Emma lui lança un regard dégoûté. Leo y vit la trace de la blessure qu'il venait de lui infliger. D'accord, il s'était montré cruel, mais autant être franc. Il n'était pas dupe des manigances féminines.

— Pour ta gouverne, je n'ai jamais eu l'intention de piéger qui que ce soit, et encore moins un arrogant narcissique de ton espèce !

Là-dessus, Emma se leva et ramassa son grand sac de voyage.

— Tu vas avoir un enfant, je suis venue t'en informer car j'estime que tu as le droit de le savoir. Si j'avais su que tu réagirais de manière aussi insultante, je n'aurais pas pris la peine de me déplacer. Maintenant, je peux rentrer à Londres la conscience tranquille en sachant que j'ai fait mon devoir. Le jour où mon enfant me demandera qui est son père, je pourrai lui dire que c'est un homme paranoïaque et égoïste qui a refusé de croire en son existence. Sur ce, au revoir, Leo. Bonne chance dans la vie !

Et elle tourna les talons.

— Attends !

Leo la rattrapa en lui saisissant le bras pour la faire pivoter vers lui. Il remarqua qu'elle était livide.

— Reviens t'asseoir. Nous devons discuter de manière rationnelle.

— Si ton idée du rationnel est de m'insulter en me disant que j'ai inventé une grossesse ou que je te mens à propos du père, non merci !

— Calme-toi. T'énerver n'arrangera pas la situation.

— Te comporter en machiste non plus !

Voir Emma le défier ainsi mit à rude épreuve le peu de patience qui lui restait. Il ramena la jeune femme jusqu'à son siège sans ménagement, la fit asseoir, puis reprit place derrière son bureau. Il s'était fourré dans un sacré pétrin. Comment diable avait-il pu se montrer aussi imprudent ? Avant tout, il fallait limiter les dégâts.

— En supposant que tout ce que tu m'as dit est vrai, commença-t-il, avant de lever une main pour imposer le silence à Emma qui faisait mine de l'interrompre, nous devons envisager la suite. As-tu consulté un médecin ?

— Oui, une gynécologue. Elle a confirmé ma grossesse. Je suis enceinte de neuf semaines et je dois passer une échographie à la douzième.

— Très bien. Tu la passeras ici, à Milan. Je vais trouver les coordonnées du meilleur obstétricien.

Emma lui lança un regard tout à la fois surpris et alarmé,

mais Leo se moquait de ses émotions. Dorénavant, c'était lui qui établirait les règles.

— Entre-temps, tu t'installeras dans ma villa.

— J'ai prévu de rentrer à Londres ce soir.

— Tu devras y renoncer.

— Tu n'as pas à me dicter ma conduite ! s'écria-t-elle. Je suis venue t'informer de ma grossesse, pas te demander de prendre ma vie en main.

— Le fait que tu sois enceinte va immanquablement changer nos vies à tous les deux.

Emma le regarda droit dans les yeux.

— J'ai l'impression que tu n'as pas compris le motif de ma démarche, Leo. Je ne te demande rien. Je suis prête à élever seule cet enfant.

Leo sentit son humeur empirer à ces mots. Emma Quinn avait encore beaucoup de choses à apprendre sur lui.

— Et tu n'as rien compris de moi si tu as envisagé que je t'autorise à élever mon enfant sans moi.

Leo prit brusquement conscience des mots qu'il venait de prononcer. *Mon enfant.* Cinq minutes auparavant, il était prêt à renier son existence et, à présent, il ne supportait plus la perspective de savoir loin de lui ce petit être à venir…

— Donc tu acceptes que ce bébé soit le tien ?

Et le ton doux d'Emma aida cette notion à s'ancrer davantage dans son esprit.

— Oui. Je n'en doute pas.

Et c'était vrai. Pour être honnête, Leo le savait depuis le début. Mais il savait aussi qu'il devait désormais prendre le contrôle de la situation.

Ils s'observèrent un instant en silence.

— Nous n'avons pas à prendre de décision maintenant, déclara soudain Emma d'un ton conciliant. Tu peux te donner le temps de réfléchir, puis venir me voir à Londres. Ou alors, je reviendrai dans un mois ou deux.

— Non, tu vas rester en Italie.

Leo ne savait pas exactement pourquoi il ne voulait pas la voir quitter le pays, mais, plus elle insistait, plus il était déterminé à la faire rester à Milan. Près de lui, là où il pourrait garder un œil sur elle. Il n'était pas question que le comité de direction ait vent de cette affaire et tente de l'utiliser contre lui. Ou qu'Emma se confie à la presse. Ou disparaisse. Ou les trois à la fois. Il devait à tout prix empêcher la nouvelle de se propager tant qu'il ne contrôlait pas la situation.

Brusquement, sortie de nulle part, une idée s'imposa à lui, aussi stupéfiante qu'insistante. Leo réfléchit, se demandant si c'était la solution ou s'il avait totalement perdu la tête. Toutefois, la réponse lui parut évidente. C'était la bonne décision. Il regarda Emma, et sa conviction s'affermit davantage encore. La seule réaction possible, c'était le mariage.

Et le plus tôt serait le mieux.

En épousant Emma, il n'y aurait plus de révélations à la presse – volontaires ou non –, et le conseil d'administration serait réduit au silence. L'article du *Paladin* n'était pas passé inaperçu, loin de là. Les commentaires étaient allés bon train. Même si Raven Enterprises était une société florissante, la confiance des investisseurs avait été ébranlée. Un scandale supplémentaire pourrait les rendre encore plus nerveux et sérieusement indisposer les actionnaires. Si la nouvelle qu'il avait mis enceinte une jeune fille filtrait, sa réputation prendrait un coup fatal. Si, en revanche, il se mariait et fondait une famille, le monde entier y verrait un réconfortant signe de maturité.

Sa décision était prise. Restait à trouver la meilleure manière de l'annoncer.

À cette perspective, il réprima un sourire.

Emma Quinn allait recevoir une offre qu'elle ne pourrait pas refuser.

6.

Lorsque Leo coupa court à la conversation et lui annonça que Luigi, son chauffeur, allait la conduire chez lui et que lui-même la rejoindrait plus tard, Emma était trop lasse pour lui opposer une quelconque résistance. Après tout, passer quelques jours en Italie avant de rentrer à Londres aurait le double avantage de lui permettre de se reposer et de clarifier la situation, puisque cela leur donnerait l'occasion de discuter calmement.

Située à une demi-heure du centre de Milan, la villa Magenta était une impressionnante bâtisse flanquée de deux tourelles qui la faisaient ressembler à un petit château. Elle se détachait fièrement dans le ciel bleu au bout d'une longue allée bordée de cyprès. Le parc qui l'entourait sembla immense à Emma.

Une femme d'âge mûr l'attendait devant l'entrée. Maria, la gouvernante du *signor* Ravenino, demanda à Luigi de déposer le bagage de la *signorina* dans le hall, puis conduisit la jeune femme dans un vaste salon à haut plafond, où elle la fit asseoir sur un canapé moderne en cuir blanc. Là, elle lui servit un thé accompagné de pâtisseries locales avant de l'accompagner dans sa chambre. Emma ne put s'empêcher de se demander ce que cette élégante Italienne pensait d'elle, avec sa tenue fatiguée et son sac de voyage élimé. Elle était sans aucun doute très différente des invitées habituelles de Leo, mais la gouvernante, en parfaite professionnelle, ne laissa rien paraître de son opinion.

Lors de ses recherches, Emma avait trouvé un reportage, accompagné de photos aériennes, sur la villa Magenta, récemment acquise par Leo et restaurée à grands frais. Pas un instant, cependant, elle n'avait imaginé y séjourner, et encore moins enceinte du célèbre magnat italien !

Désireuse d'ordonner ses pensées après ce changement de situation, elle attendit le retour de Leo en visitant la villa. Venir en Italie lui annoncer sa grossesse était à l'origine une décision réfléchie et placée sous le signe du devoir. Elle n'attendait rien de lui. Son expérience lui avait appris qu'entretenir des espoirs conduisait à la déception, et qu'on ne devait compter que sur soi-même.

Sa propre mère avait toujours refusé les engagements, quels qu'ils soient. Abandonnée par son compagnon, qui avait déménagé en Irlande et coupé tout contact peu après la naissance de leur fille Emma, Mary Behenna avait décidé de ne plus faire confiance à aucun homme pour assurer son bonheur. Dès lors, elle avait accumulé les liaisons passagères.

Emma avait détesté cette succession d'hommes dans leur vie, et l'un d'eux en particulier. Une chose était certaine, jamais elle ne soumettrait son fils ou sa fille à une vie aussi instable. Elle voulait élever son enfant dans une atmosphère sécurisée et aimante. Comment trouver cet équilibre ? Elle ne le savait pas encore, mais il faudrait visiblement composer avec les désirs de Leonardo Ravenino, car il ne semblait pas avoir l'intention de la laisser repartir avant d'avoir trouvé un terrain d'entente.

À 19 heures, Emma ignorait toujours quel arrangement proposer à Leo lorsqu'il daignerait revenir. Une heure plus tard, il n'était toujours pas rentré. Stressée et sans appétit, elle avala quelques bouchées du dîner que lui servit Maria, puis décida d'aller explorer le parc pour se changer les idées. Il faisait encore grand jour, une promenade lui ferait le plus grand bien.

À peine s'était-elle engagée dans l'allée qu'elle entendit des pas sur le gravier derrière elle. Tournant la tête, elle aperçut Luigi, le chauffeur. Elle accéléra le pas, contourna une haie parfaitement taillée et déboucha devant une fontaine, pour s'apercevoir qu'il l'y avait devancée. Il la suivait, cela ne faisait aucun doute. Elle hésitait à lui faire comprendre que sa présence n'était pas la bienvenue quand elle comprit qu'il ne la poursuivait pas dans un but douteux. Il obéissait aux ordres de Leo ! Son patron lui avait demandé de la surveiller, de s'assurer qu'elle ne s'échappe pas. En plus d'être insultante, cette précaution était une atteinte à sa liberté. S'il comptait la garder prisonnière, Leo allait vite voir à qui il avait affaire !

Furieuse, Emma tourna les talons et repartit vers la maison. En entrant en trombe dans le hall, elle se heurta à Leo. Elle fit un pas en arrière, mais il l'avait déjà saisie par les épaules. Se dégageant, elle ignora les battements endiablés de son cœur à ce simple contact. Ce n'était pas le moment de se laisser troubler.

— Je dois te parler, lança-t-elle. Immédiatement.

— Ça tombe bien, moi aussi ! Allons au salon.

Et sans attendre sa réponse, il lui passa un bras autour de la taille. Emma chercha à s'éloigner, mais il resserra son étreinte et ne la lâcha qu'une fois dans la pièce. Il ferma alors la porte, puis se dirigea vers le bar.

— Que veux-tu boire ?

— De l'eau suffira.

Leo revint avec un whisky pour lui et de l'eau pétillante pour elle.

— S'il te plaît, assieds-toi ! lança-t-il en lui indiquant le canapé.

Son attitude froide et sévère de l'après-midi à Milan avait laissé place à l'homme courtois et décontracté de leur première rencontre. Emma obéit à contrecœur et le regretta en voyant que Leo restait debout, comme pour être en position de force.

— Tu as à peine touché à ton dîner, m'a dit Maria.

Parce que la gouvernante aussi l'espionnait ! Emma s'efforça de dissimuler sa fureur. Mieux valait faire preuve de diplomatie.

— Je n'avais pas faim. Et puisque nous parlons de tes employés…

— Ils ne t'ont pas traitée correctement ? l'interrompit Leo d'un ton suggérant qu'une telle offense était passible de renvoi immédiat.

Le renvoi, il connaissait ! Ce n'était toutefois pas le moment de le lui faire remarquer, aussi Emma répondit-elle avec calme :

— Non, il ne s'agit pas de ça. Je souhaitais te demander pourquoi Luigi me suit pas à pas.

— Je lui ai donné l'instruction de garder un œil sur toi.

Il s'assit alors sur le canapé en face d'Emma avant d'ajouter :

— Cela te pose un problème ?

— Bien sûr que ça me pose un problème ! répliqua-t-elle. J'ai voulu me promener dans le parc et j'ai dû y renoncer parce qu'il me suivait comme un toutou !

Leo prit le temps de boire une gorgée de whisky.

— Étant donné les circonstances, j'ai jugé plus prudent de surveiller tes allées et venues.

— Tu croyais que j'allais partir avec l'argenterie de famille ?

— Il n'y a pas d'argenterie de famille, répliqua Leo. Toutefois, tu es en possession d'une chose beaucoup plus précieuse. Mon enfant, mon sang, mon avenir.

Un frisson parcourut la peau d'Emma. Le ton de Leo n'augurait rien de bon. À l'entendre, il semblait vouloir ne plus la lâcher. Si elle ne faisait pas preuve de fermeté, elle allait se retrouver à sa merci, et pourrait dire adieu à son libre arbitre.

— Je suis venue te voir de mon plein gré, ne l'oublie pas. J'ai choisi de te parler de ce bébé alors que j'aurais pu te taire son existence.

— Et tu t'attends à ce que je t'en sois reconnaissant ?

— Non, pas reconnaissant, mais je ne m'attendais pas à être traitée avec une telle suspicion.

— Tu as déjà trahi ma confiance une fois, Emma. D'où ma manière de te traiter.

Emma se mordit la lèvre. Il en revenait toujours au même point.

— Je t'ai expliqué ce qui s'est passé.

Il haussa les épaules avec dédain, alla se servir un autre whisky, puis revint se planter face à elle.

— J'ai réfléchi à la situation et suis arrivé à une conclusion. Nous allons nous marier.

— Pardon ?

La stupeur d'Emma procura une certaine satisfaction à Leonardo. Avoir repris le contrôle de la situation faisait un bien fou.

— Tu m'as bien entendu. Nous allons nous marier immédiatement. Nous n'avons rien à gagner à attendre.

— Non… Nous ne pouvons pas.

— Nous pouvons, et nous le ferons.

— C'est impossible, on ne prend pas pareille décision à la légère. Tu dois être encore sous le choc, Leo.

Si quelqu'un l'était, c'était bien elle. Et paniquée, en

plus, à en juger par la manière dont elle entortillait une mèche de cheveux autour de son doigt !

— Je suis totalement rationnel, je te l'assure. Le mariage est la seule solution.

Le demi-sourire qu'il lui offrit en gage de sincérité ne sembla en rien la rassurer, et Leo eut l'impression de voir s'activer les rouages de son esprit pendant qu'Emma formulait son objection.

— Pourquoi envisager quelque chose d'aussi drastique alors que le bébé n'est pas encore né ?

— Parce qu'aucun enfant de moi ne naîtra en dehors des liens du mariage.

Leo, qui avait hésité une seconde avant de répondre, réalisa combien ses mots témoignaient de la blessure, encore vive quoique profondément enfouie, provoquée par sa propre illégitimité. Emma dut sentir son trouble, car une lueur interrogative s'alluma dans ses yeux bleus. Il serra les dents.

— Nous sommes au XXIe siècle, plus personne ne se soucie de ce genre de chose.

— Moi, si. Nous devons prendre toutes les précautions légales au plus tôt. J'ai vu trop d'affaires mal tourner par manque de gestion prévisionnelle.

— Enfin, Leo ! s'exclama Emma. Il ne s'agit pas d'une affaire commerciale, mais d'un bébé !

Il lui jeta un regard noir destiné à la réduire au silence avant d'assener :

— C'est donc d'autant plus important. Nous allons nous marier, point final !

Emma vit Leo sortir de son attaché-case une liasse de feuilles.

— J'ai fait établir un contrat. Si tu souhaites y apporter des changements, mes avocats le modifieront.

Il avait décidément une bien piètre opinion d'elle pour la croire si vénale !

— Je suis sûre qu'il est parfait. Je t'ai déjà dit que ta fortune ne m'intéressait pas, Leo.

— Très bien. Dans ce cas, il ne devrait pas y avoir de problème.

Il franchit alors l'espace qui les séparait, lui tendit le document et poursuivit :

— Prends le temps de le lire. Mon avocat viendra demain matin recueillir nos signatures.

C'était la manière dont Leo opérait. Il abordait les problèmes de front, au plus vite, et chacun devait obéir à ses directives précises. Que ce soit dans le travail, les loisirs, ou avec ses maîtresses. En arrivant à son bureau cet après-midi, elle avait semé le chaos dans son existence si ordonnée, mais il s'était empressé de reprendre le contrôle de la situation. Elle et le bébé représentaient un problème comme un autre, il avait trouvé la solution en décidant de l'épouser, avec un contrat à signer dans les plus brefs délais afin de lui ôter toute possibilité de lui porter préjudice dans l'avenir.

— Je suggère de fixer la date du mariage dans le courant de la semaine prochaine, ajouta-t-il. Que dis-tu de mardi ?

Et il la toisa avec dureté, comme pour lui imposer sa volonté par la puissance de son regard.

Emma devinait pourtant une tension sous son calme apparent. Un bras de fer se jouait entre eux. Elle comprenait les raisons qu'il avait de l'épouser, mais elle avait les siennes pour s'y opposer. Le côté financier de l'offre n'entrait pas seul en compte. L'important, avant tout, était son propre salut. Face à Leo, ses émotions prenaient le dessus, celles-là mêmes qui l'avaient mise dans cette situation. Or elle n'avait aucun moyen de les maîtriser, et cet homme risquait de lui briser le cœur, voire de lui faire perdre la raison. Aucun avocat au monde ne pouvait établir de contrat capable de la protéger de cela.

— Je n'ai pas le souvenir d'avoir dit oui, Leo. Vouloir fixer une date est un peu présomptueux de ta part.

— Mais tu le feras. Tu finiras par m'épouser !

Un ordre enveloppé d'un sourire. Sa certitude de l'amener à faire ce qu'il désirait était perturbante. Un sentiment d'impuissance commença à gagner Emma. Elle était seule, sans personne pour l'aider ou la conseiller.

— En supposant que j'accepte, comment envisages-tu ce mariage ? S'agira-t-il d'une simple formalité pour sauver la face ou t'attends-tu à nous voir mener une vie de couple… dans tous les sens du terme ?

Sa question à peine posée, Emma la regretta amèrement, car Leo lui lança un regard porteur de tous les dangers qu'elle s'efforçait d'éviter.

— Ça dépend.

— Ça dépend de quoi ?

— De la manière dont nous nous entendons.

Il lui prit alors la main et en déplia un à un les doigts comme s'il voulait lire leur avenir dans sa paume. Emma se dégagea avant qu'il ne devine le désir qu'il provoquait en elle. L'idée de s'unir à jamais à cet homme lui donnait l'impression de partir à la dérive, de s'éloigner d'une réalité déjà dangereusement fragilisée. Son ventre se noua brusquement sous l'effet d'un mélange d'émotions trop complexes pour être analysées. De toute façon, elle devait garder la tête froide et peser le pour et le contre de sa proposition.

Emma n'avait pas menti en affirmant qu'elle était prête à élever leur enfant seule, mais elle n'était pas pour autant rassurée par cette perspective. D'une part, le modèle parental de sa mère ne lui convenant pas, elle ne pouvait pas lui demander de conseils. En outre, toutes deux n'étaient jamais parvenues à tisser un vrai lien, d'où ses inquiétudes. Réussirait-elle à établir une complicité maternelle avec son bébé, et arriverait-elle à lui éviter de souffrir de l'insécurité qui avait perturbé sa propre enfance ? Élever seule un enfant était décidément une immense responsabilité.

D'autre part, même si ses peurs étaient infondées, sa situation financière était précaire. Depuis la perte de son poste au *Paladin*, elle n'avait trouvé aucun emploi fixe. Ses petits boulots suffisaient à peine à assurer sa subsistance, elle vivait en colocation et avait peu d'économies. Tenir jusqu'à la naissance du bébé était possible, mais ensuite il lui faudrait impérativement trouver un poste à la fois stable et assez bien rémunéré pour couvrir les frais de garde. Sur ce plan, les conditions n'étaient donc pas idéales.

À cela s'ajoutait le fait qu'un enfant méritait d'avoir deux parents. Même si sa mère avait refusé de lui parler de son père ou de lui fournir la moindre indication lui permettant de le rechercher, Emma avait toujours rêvé de le trouver et d'établir une relation avec lui, voire d'aller vivre avec lui. Rêve que sa mère avait anéanti le jour de son départ pour Londres en lançant d'un air triomphal : « Ne t'imagine pas que tu vas pouvoir aller t'installer chez ton père, parce qu'il est mort il y a deux ans d'un accident de cheval ! »

Une peine brutale avait fondu sur elle. C'était illogique, dans la mesure où son père l'avait abandonnée, et pourtant Emma avait souffert de sa disparition et elle regrettait encore de ne pas l'avoir connu. Si elle en avait le choix, elle tenait à éviter une expérience similaire à son enfant.

Or Leo lui offrait ce choix. Il avait certes bouleversé sa vie, mais il était prêt à assumer ses responsabilités et serait toujours là pour leur enfant, elle en avait la certitude. Il pouvait leur donner la sécurité qui lui avait tant manqué dans son enfance et être le père dont elle rêvait pour son fils ou sa fille.

Emma aussi souhaitait avoir ce bébé dans la légitimité d'un mariage, ce dont ni elle ni ses frères et sœurs n'avaient bénéficié. En échange de cette stabilité, elle devrait renoncer à son indépendance. Leo déciderait de tout dans leur vie, aucun doute sur ce point. Leur existence serait des plus confortables, et il lui serait peut-être possible, si elle faisait preuve de suffisamment de diplomatie, de reprendre ses études et son travail par la suite.

Selon ce raisonnement, tout penchait en faveur d'un mariage. L'unique point noir était l'effet que Leo avait sur elle. D'un seul regard – ou par sa seule proximité – il parvenait à la mettre dans un incroyable état de dépendance émotionnelle. Et un froncement de sourcil ou un mot dur de sa part suffisait à la réduire en loque. La preuve, en découvrant qu'il avait quitté la suite de l'hôtel en catimini, elle avait éprouvé une horrible impression de vide, comme si elle avait perdu quelque chose qu'elle ignorait avoir possédé.

Leo Ravenino était l'archétype du mâle dominant. Un homme à la beauté saisissante, couronné de succès, capable de prendre des décisions en toutes circonstances et de protéger sa famille. Il avait le pouvoir chevillé au corps, et chercher à s'opposer à lui serait vain, car il gagnait toujours, que ce soit en affaires ou dans sa vie personnelle. Il lui faisait une proposition honorable, alors avait-elle vraiment le choix ?

— Es-tu donc d'accord pour fixer la date du mariage à mardi ? répéta-t-il.

La question la tira de ses pensées et, en un éclair, elle prit la décision la plus importante et la plus courageuse de sa vie.

— Oui.

7.

Si Emma avait pensé voir sa décision changer leur mode de vie, elle en fut pour ses frais. Leo maintint une distance froide entre eux au cours des jours suivants. Il rentrait chaque soir, mais ne dînait jamais avec elle, tout au plus lui souhaitait-il une bonne nuit s'il la croisait, avant de gagner sa propre chambre.

Dès le lendemain, il l'informa de l'heure exacte de la cérémonie, qui serait réduite à un passage devant l'officier d'état civil, et lui demanda si elle souhaitait inviter des membres de sa famille. L'entendre décliner l'offre sembla le satisfaire. Visiblement, il voulait en finir au plus vite et avec le minimum de tracas. Comme elle, d'ailleurs.

Le surlendemain, une sélection de robes arriva, toutes très belles. Elle jeta son dévolu sur un fourreau en soie remarquablement coupé, sans manches ni fanfreluches, le modèle le plus simple qui, de plus, lui allait à la perfection.

Les cinq jours passèrent très vite. Le matin du mariage, Emma se réveilla à l'aube. Le soleil était à peine levé. Dans le parc, les arbres projetaient leurs longues ombres sur la pelouse, les premiers oiseaux pépiaient. Une belle journée en perspective. Hélas, les pieds à peine posés au sol, une brusque nausée lui souleva l'estomac. Elle n'eut que le temps d'arriver dans la salle de bains. C'était donc là les fameuses nausées matinales. Quelle malchance qu'elles aient choisi ce jour-là pour se manifester, alors qu'elle n'avait pas été malade une seule fois jusque-là !

Était-ce un signe du destin ?

Même si elle n'avait jamais rêvé d'un mariage en grande pompe, Emma se demanda comment elle se sentirait si elle épousait un homme choisi, aimé, en se délectant à l'idée de finir ses jours avec lui. Ce devait être si bon d'avoir le cœur débordant de joie, au lieu de sentir un douloureux vide intérieur ! Elle faisait un mariage de convenance, elle épousait un homme d'affaires impitoyable dans le seul but d'assurer la sécurité de son enfant dans l'avenir. Un homme qu'elle n'aurait jamais revu si elle n'était pas tombée enceinte. Quant à couler des jours heureux avec Leo, cela lui paraissait carrément inenvisageable. Elle avait choisi – ou plus exactement – accepté une solution pragmatique, et elle devait également considérer l'avenir sous un angle pratique, en oubliant ses rêves de romantisme…

Une nouvelle nausée arriva, coupant court à ses pensées.

Emma admira la dextérité avec laquelle Leo gara sa voiture de sport rouge devant le bureau d'état civil. Comme il faisait le tour du véhicule pour lui ouvrir la portière, son cœur se mit à battre à tout rompre. Une brusque envie de filer la saisit. Au lieu de cela, elle lissa sa robe et afficha un sourire de circonstance.

La cérémonie fut expédiée en quelques minutes. À la sortie, Emma était devenue Mme Ravenino, portant désormais le patronyme d'un homme qu'elle connaissait à peine, mais qui la troublait au-delà de l'entendement.

Debout sur les marches du bâtiment, sous un soleil éclatant, ils se regardèrent un instant en silence. Si Emma avait les nerfs en pelote et n'avait aucune idée de ce qui l'attendait dans les heures à venir – voire pour le reste de son existence –, Leo, lui, donnait l'image d'un calme intérieur parfait. Il était si beau, avec sa silhouette élancée, son costume sombre et sa cravate assortie. C'était la perfection faite homme. Il était le mari dont toutes les femmes auraient rêvé.

À quoi pouvait-il bien penser ?

Emma ne pouvait lire son regard derrière ses lunettes aux verres réfléchissants, et il gardait une expression impassible. Pourtant, son immobilité si peu naturelle trahissait un certain malaise, c'était indéniable. Soudain gênée, elle baissa les yeux et fit tourner sa toute nouvelle alliance autour de son annulaire.

À cet instant, deux adolescents s'approchèrent de la voiture, l'examinèrent, scrutèrent l'intérieur avec envie. Leurs commentaires tirèrent Leo de son inhabituelle apathie.

— Il faut que je retourne au bureau. Qu'as-tu prévu pour l'après-midi ?

— Rien de particulier.

— Luigi vient d'arriver, la voiture est à ta disposition, il te conduira partout où tu le désires.

— Et il a toujours pour instruction de s'assurer que je ne m'enfuie pas ? demanda-t-elle d'un ton narquois.

— Non. Nous sommes mariés, maintenant. Je n'ai plus besoin de te faire suivre. Si tu commettais quelque transaction que ce soit, cela se réglerait avec mes avocats.

Une réponse apte à lui mettre le moral au beau fixe ! Emma chercha à rencontrer le regard de Leo, mais ne vit que son propre reflet dans le verre des lunettes. Elle lâcha un soupir exaspéré. En fait, dans sa hâte de montrer à Leo que ses milliards ne l'intéressaient pas, elle avait perdu toute capacité de réflexion et signé un document qu'elle avait à peine pris le temps de parcourir.

— Il n'y aura aucune transgression. Du moins, pas de ma part.

— Ni de la mienne.

— Voilà qui est parfait. Cela fait un problème de réglé.

— En effet.

Leo repoussa alors ses lunettes de soleil sur sa tête. Emma le regarda faire, fascinée par le mouvement de ses boucles soyeuses. Croisant alors son regard, elle sentit une brusque chaleur se déverser dans ses veines, sensation décuplée lorsqu'il lui promena un doigt léger sur la joue tout en la regardant d'un air interrogateur.

— La perspective d'être ma femme ne t'effraie pas trop, j'espère.

— Pas du tout. De quoi pourrais-je avoir peur ?

— Je me le demande…

Emma se figea. Leo avait parlé d'un ton doux, mais ses yeux s'étaient assombris. D'un côté, elle souhaitait qu'il se penche et lui donne le baiser que tout son corps réclamait. De l'autre, elle aurait aimé disparaître pour se protéger des émotions auxquelles sa seule présence la soumettait. Mais laisser voir à Leo l'effet qu'il produisait sur elle n'aurait fait qu'augmenter son pouvoir sur elle. Force était donc de jouer l'indifférence.

— Tu n'as aucune inquiétude à avoir. Je vais parfaitement bien.

— Excellent.

Leo rabaissa alors ses lunettes de soleil sur son nez, redevenant aussitôt l'homme sérieux qu'Emma trouvait plus facile à gérer.

— À propos, reprit-il, j'ai retenu une table au restaurant pour ce soir, histoire de marquer l'événement. Ça te convient, j'imagine.

— Bien sûr, c'est sympa.

Emma s'en voulut aussitôt d'avoir employé ce terme.

« Sympa » n'était pas franchement enthousiaste. Leo le remarqua, à en juger par ses lèvres soudain serrées.

— D'ici là, je te suggère d'aller t'acheter quelques tenues. Tout ce que tu veux, en fait. Luigi t'accompagnera.

Emma hésita. Le shopping n'était pas son activité préférée, mais elle n'avait emporté que peu de vêtements et elle avait effectivement besoin d'une nouvelle garde-robe. Il lui fallait des tenues décontractées et une ou deux robes pour d'éventuelles occasions, comme ce dîner qu'elle redoutait déjà. Plus tard, elle devrait songer à des vêtements de maternité.

Chaque chose en son temps, décida-t-elle avant de répondre :

— Je te remercie. Je le ferai.

Leo s'approcha, lui effleura la joue d'un baiser.

— À ce soir !

Emma contempla les innombrables boîtes enrubannées et les sacs siglés de noms célèbres alignés dans sa chambre. Chaque paquet ayant été envoyé directement à la villa Magenta, elle n'avait pas eu conscience d'avoir effectué tant d'achats. Une véritable folie !

Mais le mal étant fait, autant en profiter. Elle déballa donc pantalons, T-shirts et chemisiers, blouson de cuir, robes simples et habillées, chaussures plates, escarpins, sacs à main et, enfin, les articles de lingerie. Ces derniers venaient tous de la même boutique, des petits dessous emballés dans du papier de soie, très beaux, très délicats, qu'elle n'aurait jamais imaginé posséder un jour. Elle imagina en revanche le regard de Leo s'il la voyait les porter…

Elle rabattit aussitôt le couvercle de la boîte. Cette expédition de shopping était l'idée de Leo, pas la sienne

– le choix des boutiques aussi, probablement, puisque Luigi avait d'emblée su où la conduire. Leo essayait-il de la transformer en une femme sophistiquée à l'image de celles avec qui il sortait d'ordinaire ? C'était possible, mais elle aurait beau porter le nom des Ravenino et vivre dans le luxe, au fond, elle resterait Emma Quinn, simple, naturelle, qui cherchait encore à se faire une place dans le monde du travail et dans le monde tout court.

Toute sa vie, Emma s'était sentie marginale, même dans sa propre famille. Elle aimait ses frères et sœurs qui, bien que de pères différents, formaient une tribu unie, embrassaient leur mode de vie chaotique avec une insouciance qui lui avait toujours été étrangère. Bien sûr, leur mère les adorait tous et elle avait avec eux une complicité innée bien différente de la relation distante qu'elle entretenait avec elle, sa fille aînée.

Après son départ du domicile familial, Emma avait orienté tous ses efforts vers sa carrière de journaliste. Avoir intégré l'équipe du *Paladin* était la concrétisation de ses espoirs, même si son passage au journal avait été de courte durée. En toute honnêteté, elle n'était pas totalement à sa place là-bas non plus, surtout en compagnie des jeunes femmes à la taille de guêpe et à la pointe de la mode, ou des adeptes des pauses déjeuner prolongées et des apéritifs après le travail, où tous discutaient de leurs vies sociales animées.

À présent, une nouvelle vie s'ouvrait devant Emma, celle de mère et d'épouse, deux rôles encore très flous à ses yeux et pour lesquels elle se sentait extrêmement mal préparée…

En proie à une soudaine mélancolie, elle s'assit sur le balcon de sa chambre. Regarder la nature l'avait toujours réconfortée, et la vue du parc, superbe quelle que soit l'heure de la journée, lui apaisa l'esprit, lui apportant une bouffée d'optimisme. Des vêtements luxueux ne la transformeraient pas en femme mondaine ni en vedette de Hollywood, mais elle était forte, courageuse et intègre. Même si Leo l'avait poussée à accepter son offre, exerçant une pression sans feindre des sentiments qu'il n'éprouvait pas, elle était maintenant mariée et déterminée à faire de ce mariage une réussite.

Au vu de l'attitude qu'affichait Leo, la partie n'était pourtant pas gagnée…

Toute trace de l'homme qui l'avait séduite à Londres, ou fait frissonner de désir le premier soir à la villa Magenta à l'idée de leur relation conjugale à venir, avait disparu derrière une apparence glaciale. Leo quittait la maison tôt le matin, rentrait tard et avait pris soin de lui attribuer une chambre dans l'aile opposée à la sienne. Les espoirs d'Emma de les voir se rapprocher au cours de la semaine, ou au moins apprendre à se connaître – ce qui aurait calmé ses appréhensions et ses doutes –, avaient donc été anéantis. Et le matin, devant l'officier d'état civil, le séduisant Italien qui se tenait à ses côtés lui avait paru plus étranger que jamais…

Emma se ressaisit. Ils étaient légalement mari et femme, la situation allait donc changer. Elle, en tout cas, était prête à la faire évoluer. En un éclair, elle revit Leo tel qu'il lui était apparu au Hobo, ses expressions, sa façon de repousser ses cheveux en arrière, de hausser les épaules, de se caresser la mâchoire d'un air pensif, puis elle entendit le son de sa voix à l'accent chantant. Rien de tout cela n'avait changé. Il était le même homme. Celui qui l'avait emmenée dans la suite de son hôtel avec une hâte non dissimulée, celui qui parlait peu dans l'intimité mais s'exprimait si bien avec ses mains et son corps tout entier… Le souvenir de leur unique nuit ensemble s'imposa alors à son esprit avec force détails érotiques.

Et une nuée de papillons prit son envol dans son ventre.

Tout mariage comportait une nuit de noces, la leur aurait lieu dans quelques heures. Si, jusque-là, elle s'était efforcée de dissimuler à Leo l'effet qu'il lui faisait, elle pouvait désormais se montrer sous son vrai jour.

Emma se leva d'un bond, rejoignit la salle de bains, se déshabilla en un tour de main, puis entra dans la cabine de douche. Tandis que l'eau ruisselait sur son corps, elle imagina les mains de Leo la caressant. Les yeux fermés, elle se laissa aller à la douceur du moment.

En sortant de la douche, elle contempla son reflet dans le miroir. Ses yeux brillaient, et un irrépressible sourire étirait les commissures de ses lèvres. Elle ignorait quelle tournure prendrait la soirée, n'avait aucune idée de ce qui se passait dans l'esprit secret et calculateur de son mari, mais elle avait en revanche une grande envie de le séduire.

Elle regagna sa chambre et sortit donc de son papier de soie la superbe lingerie fine, puis une robe de cocktail en soie bleu cobalt. Quel mal y avait-il à se faire belle pour un dîner en tête à tête avec son époux ?

Leonardo vit Emma traverser la salle de restaurant derrière le maître d'hôtel, impassible, inconsciente des regards admiratifs que lui lançaient les clients masculins. Lui, en revanche, les remarqua. Saisi d'un sentiment possessif primaire, il se leva. « *Ma femme* », pensa-t-il. Deux mots qu'il n'aurait jamais pensé utiliser après avoir quitté Ravenino. Une situation dans laquelle il n'avait jamais imaginé se trouver.

Emma semblait différente. Sublime, en fait, dans une robe élégante qui soulignait ses formes féminines et sa beauté classique. Dès qu'elle arriva à sa hauteur, il l'embrassa sur les deux joues. Elle recula la tête.

— *Buonasera.*

Il tira la chaise pour elle en faisant signe au maître d'hôtel de les laisser. Emma s'assit.

— *Buonasera.* Je ne suis pas en retard, n'est-ce pas ?

— Non, parfaitement à l'heure.

À l'inverse de ses conquêtes habituelles, qui mettaient un point d'honneur à le faire attendre ! Attitude qui l'exaspérait au plus haut point.

Au cours des derniers jours, Leo avait été soulagé de remarquer différents traits qu'il aimait chez Emma. Il respectait sa force intérieure. En dépit de la situation exceptionnelle et de sa propre attitude autoritaire – il devait l'admettre –, elle n'avait fait ni drame ni caprice. Tout au plus l'avait-elle défié du regard, ce qui ne lui déplaisait pas. Elle avait fait preuve d'une extrême dignité.

Il l'observa tandis qu'elle dépliait sa serviette et la posait sur ses genoux. Les yeux rivés sur la peau à la blancheur d'albâtre de son décolleté, il se demanda soudain quel collier il pourrait lui offrir, s'imaginant faire passer ses cheveux par-dessus son épaule pour fermer le bijou et lui embrasser le cou par la même occasion…

La semaine écoulée avait été une leçon de maîtrise pour lui. Un test devant lui permettre de faire le point sur le stupéfiant avenir dans lequel il s'embarquait, de se donner le temps de décider de quelle manière le gérer. La première à lui venir à l'esprit avait été d'éviter tout rapport intime. Se laisser séduire par les grands yeux bleus d'Emma et son corps si délicieux ne l'aurait en rien aidé.

Ce soir, cependant, il découvrit que cette résolution devenait difficile à respecter. Emma était ravissante, avec ses longs cheveux tombant en boucles souples sur ses épaules, sans aucun maquillage à part une touche de rouge sur la bouche, et avec sa façon de le regarder par-dessous sa frange et de se mordiller la lèvre inférieure. Elle était même terriblement sexy.

Une brusque envie le saisit de posséder cette bouche et de la prendre, elle, sans ménagement, pour lui faire l'amour toute la nuit.

Il saisit en toute hâte son verre et but une gorgée d'eau avant de lancer avec une feinte nonchalance :

— Tu es très belle ce soir.

— Merci.

Emma émit un petit rire gêné tandis qu'une charmante teinte rosée lui envahissait les joues. Elle prit alors le menu pour s'éventer le visage et lui offrit un sourire craintif.

— Je suis désolée. Les hormones, j'imagine.

Vraiment ? Ou alors, elle ne savait pas accepter un compliment. À moins qu'elle ne soit inconsciente de sa beauté ? Quoi qu'il en soit, Leo fut bizarrement troublé.

— Les mêmes hormones responsables de ton malaise matinal ?

— Tu es au courant ?

— Oui. Maria m'a dit que tu n'avais voulu que quelques crackers accompagnés de thé au gingembre en guise de petit déjeuner.

Emma se raidit.

— Donc, à partir de maintenant, tu vas surveiller le contenu de mon assiette ?

— Je dois savoir s'il y a des problèmes.

— Il n'y en a aucun, Leo. Du moins en ce qui te concerne. Les nausées matinales sont normales à ce stade.

Leo haussa les épaules. Bien sûr qu'il le savait ! Dès l'instant où il avait appris qu'il allait être père, il s'était renseigné sur le déroulement d'une grossesse. Ce qu'il n'avait bien sûr pas dit à Emma.

— Tu as faim maintenant ?

— Oui, répondit-elle d'un air surpris. J'ai même très faim !

— Excellent. Veux-tu que je te traduise le menu ?

— Oui, s'il te plaît.

Puis, d'un ton hésitant, elle ajouta :

— En fait, tu pourrais peut-être choisir pour moi. Je veux dire, tu connais ce restaurant et ses spécialités.

Leo réprima un sourire.

— Bien sûr, tant que tu ne m'accuses pas de surveiller tes repas.

— Tu as mon autorisation, répliqua Emma en imitant son ton taquin. Cette fois seulement, ça va de soi.

Leo s'acquitta donc de la tâche avec sérieux, s'assurant de ne rien commander susceptible de provoquer une réaction allergique. Lorsque le sommelier leur présenta une carte des vins et des eaux, elle en choisit une visiblement au hasard et attendit le départ de l'employé pour avouer boire d'ordinaire l'eau du robinet.

— Comment trouves-tu celle-ci ? demanda-t-il dès qu'elle l'eut goûtée.

— Délicieuse, je sens carrément le goût des pentes du mont Fuji !

Ils rirent ensemble.

L'appétit dont Emma fit preuve pendant le dîner enchanta Leo. Ils entretinrent une conversation légère sur Milan, sa région, ses sites touristiques, ses produits locaux, son climat, faisant attention l'un et l'autre à éviter le sujet de leur toute nouvelle relation. Mais Emma avait un visage expressif malgré elle, et Leo devina une inquiétude certaine sous son attitude décontractée.

Au moment du dessert, il réalisa qu'il ne savait pratiquement rien de sa jeune épouse – mis à part le fait que son désir pour elle n'avait pas diminué. Dans sa hâte à prendre le contrôle du présent, il ne s'était pas soucié de son passé. Leur situation étant désormais réglée, il avait envie d'en savoir plus. De tout savoir d'elle, pour être exact.

— Parle-moi de ta famille !

Le visage d'Emma trahit aussitôt un malaise.

— Il n'y a pas grand-chose à en dire. Avant de venir à Londres, je vivais avec ma mère et mes frères et sœurs. Mon père est parti quand j'étais encore bébé. Je ne l'ai jamais connu.

Ils étaient deux dans ce cas-là.

— Combien de frères et sœurs as-tu ?

— Cinq. Je suis l'aînée, et nous avons tous des pères différents.

Voilà qui devenait intéressant.

— Où habitent-ils ?

— Pour l'instant, dans le Somerset, mais c'est temporaire. En fait, la famille bouge sans arrêt pour vivre dans diverses communautés du Sud-Ouest de l'Angleterre.

— C'est un style de vie plutôt inhabituel.

— Oui. Ma mère le qualifie d'alternatif. Il est inhabituel de beaucoup de manières. Par exemple, aucun de nous n'est jamais allé à l'école. Ni chez le coiffeur, d'ailleurs.

— Pourquoi as-tu choisi de mener une vie différente ensuite ?

— Parce que je ne me suis jamais sentie à ma place avec ce mode de vie. J'ai toujours rêvé d'aller à l'école et je passais mon temps dans les bibliothèques municipales. J'enviais les enfants de mon âge qui étaient pensionnaires, portaient un uniforme, jouaient au hockey… J'aurais tout donné pour être comme eux, pour avoir une famille normale. C'était stupide !

Leo ne trouvait pas cela stupide du tout. Cet aperçu de l'enfant solitaire qu'avait été Emma le touchait.

— Quelles sont tes relations avec ta famille maintenant ?

— J'adore mes frères et mes sœurs. J'aime ma mère aussi, mais nous avons toujours eu des rapports compliqués.

— Pour quelle raison ?

— Essentiellement parce qu'elle me tenait responsable du départ de mon père.

— Mais tu étais bébé quand il est parti, n'est-ce pas ce que tu m'as dit ?

— Si, mais j'étais tout le temps malade et je pleurais sans arrêt, paraît-il. Bref, mon père en a eu assez et il nous a abandonnées. Ma mère était très jeune. Elle avait dix-neuf ans.

— Ce n'est pas une raison pour t'en imputer la responsabilité et te le faire payer le reste de ta vie.

— On ne peut pas toujours maîtriser ses sentiments, répondit Emma avec un sourire fataliste. Et puis, un jour, il y a eu un… incident.

Emma se tut alors, serrant les lèvres comme pour s'empêcher d'en dire plus. Leo, cependant, n'avait pas l'intention d'en rester là.

— Quel genre d'incident ?

— L'homme avec qui maman sortait m'a importunée. Quand je lui en ai parlé, ma mère… Enfin… Disons qu'elle n'a pas pris ma défense.

Leo sentit son instinct protecteur s'éveiller avec force. Il serra les poings. Même si Emma parlait d'un ton posé, il la devinait profondément affectée.

— Que veux-tu dire par « importunée » ?

— C'était le jour de mes seize ans. Il y avait une fête dans la communauté, un rassemblement ordinaire. Les gens buvaient, dansaient, fumaient de l'herbe. Pas moi, bien sûr. Bref, le petit ami de maman m'a dit qu'il avait un cadeau pour moi, et il m'a demandé de le suivre. Il m'a entraînée dans un bosquet, il m'a poussée au sol et il s'est jeté sur moi.

— *Cristo*, Emma !

Le sang de Leo s'était mis à bouillonner. Un individu de cette espèce devait être arrêté et mis hors d'état de nuire !

— C'est bon, il ne s'est rien passé. J'ai eu de la chance, il était très soûl et j'ai donc pu lui échapper. Quand j'en ai parlé à maman, elle m'a accusée de l'avoir séduit, elle a affirmé qu'il m'avait probablement repoussée. Selon elle, j'étais vexée et je cherchais à lui causer des ennuis. Lorsqu'il est parti le lendemain matin, c'est moi qu'elle a blâmée, comme avec mon père. Elle m'a dit que je ne supportais pas de la voir heureuse et que je m'arrangeais pour briser ses relations. Mais ce n'était pas ça du tout. J'essayais juste de la protéger, de lui montrer quel homme il était en réalité.

Le besoin d'Emma de lui prouver son innocence dans cette affaire toucha Leo. Elle n'avait pourtant rien à lui démontrer. Du moins sur ce sujet. Il la croyait, et il haïssait déjà la femme qui l'avait traitée si odieusement. Au lieu de soutenir sa fille qui, dans la fleur de l'adolescence, venait de souffrir d'une agression, elle l'en rendait responsable ! Quel genre de mère faisait pareille chose ? Quant à l'individu coupable de cette infamie, s'il l'avait eu en face de lui, il lui aurait volontiers réglé son compte sur-le-champ !

Leo prit la main d'Emma et la serra. Ce geste la surprit si visiblement qu'il la lâcha aussitôt et se renfonça dans son siège. Une chose était pourtant certaine. À partir de cet instant, toute personne qui essayerait de blesser sa femme aurait affaire à lui. En attendant, il se concentra sur son désir d'en apprendre plus sur Emma.

— Et c'est à ce moment que tu es partie pour Londres ?

— Oui. Je ne pouvais plus rester après ce qui était arrivé. Ma mère n'a pas cherché à me retenir. Nous étions toutes deux d'accord, nous éloigner l'une de l'autre était nécessaire. J'avais été acceptée au lycée local pour y terminer mon secondaire, mais j'ai dû y renoncer. Déménager à Londres impliquait de trouver un travail au plus vite afin de poursuivre mes études par correspondance le soir et les week-ends.

— Ça n'a pas dû être facile à un si jeune âge.

Emma haussa une épaule et afficha un courageux sourire.

— Non, mais j'y suis arrivée. Je suis plus forte que j'en ai l'air. En fait, cela a été une expérience enrichissante, émancipatrice, car une toute nouvelle vie s'est ouverte à moi.

Et il avait anéanti cette vie si difficilement construite… Leo sentit un goût de bile lui envahir la bouche. Non, se corrigea-t-il aussitôt. Emma avait écrit un article incendiaire, même si elle l'avait publié par erreur. C'était de sa faute, et elle en avait payé le prix. Clamer son innocence n'y changeait rien. Il la regarda, prêt à surmonter la sensation de culpabilité que son regard candide avait provoquée en lui, mais ce qu'il lut dans ses yeux était infiniment plus troublant. Elle acceptait son sort et semblait voir en lui son sauveur. Il la défendrait toujours ; sur un plan pratique, c'était dans ses cordes. Or la confiance qu'elle plaçait en lui paraissait aller bien au-delà, et c'était là que le bât blessait.

Sa gorge se noua brusquement : en cherchant le bien en lui, Emma cherchait un homme qu'il ne serait jamais.

Il détourna la tête. Il faisait trop chaud, il suffoquait, le bruit des conversations l'assourdissait. Il passa un doigt sous le col de sa chemise, défit le premier bouton et desserra sa cravate.

La calme acceptation d'Emma lui sembla soudain être une trahison, et sa confiance en lui, une supercherie pour pénétrer ses pensées les plus intimes. Pourquoi pardonnerait-elle si facilement à l'homme qui lui avait fait perdre son travail, avait pris sa virginité et l'avait mise enceinte en une nuit de satisfaction égoïste ? Il s'était laissé prendre une fois à sa ruse, cela ne se reproduirait pas. Il avait besoin d'y voir clair. Une question le tracassait. Elle fusa de ses lèvres, dure, comme si c'était Emma qui s'était mal comportée.

— Pourquoi étais-tu encore vierge quand nous nous sommes rencontrés ?

Elle battit des cils, paraissant aussitôt se placer sur la défensive.

— Je ne sais pas.

— Trouve mieux, Emma, ça ne me suffit pas. Pourquoi une femme qui n'a jamais fait l'amour choisirait-elle de coucher avec un homme… dont elle vient juste de faire la connaissance ?

« Un homme comme moi, avait-il failli dire. Un salaud froid et cynique qui prend ce qu'il veut sans se soucier des autres. » Dieu merci, il s'était rattrapé à temps.

— La réponse simple, c'est que je n'avais jamais rencontré un homme avec qui j'aie eu envie de coucher jusque-là.

La franchise d'Emma n'atténua en rien sa culpabilité. Au lieu de le flatter, elle accentua sa honte.

— Et la réponse compliquée ?

— Un psychanalyste pourrait dire que les rapports sexuels me posent un problème.

Un petit nerveux lui échappa. À sa manière habituelle, elle entortilla une mèche de cheveux autour de son index, tout en poursuivant :

— Je n'ai jamais été à l'aise avec la conception « d'amour libre » chère à ma mère, les hommes qui entraient dans sa vie et en sortaient aussi vite. Et, bien sûr, il y a eu le dernier… Ce qu'il a fait…

— Il t'a agressée, Emma, pourquoi ne peux-tu pas prononcer le mot ?

Elle prit une profonde inspiration.

— D'accord, il m'a *agressée*, et cela m'a dégoûtée d'avoir des rapports. Donc je me suis renfermée sur moi-même.

La rougeur qui envahit les joues d'Emma et son regard franc torturèrent davantage Leo. Elle lui adressa alors un sourire hésitant, avant d'ajouter :

— Donc je devrais te remercier.

— Pourquoi ?

— Parce que, grâce à toi, j'ai réalisé que je n'étais pas une simple enveloppe corporelle vide, que je n'étais pas la femme frigide que je pensais être. J'ai compris que mes problèmes sur ce plan n'étaient pas insurmontables. J'ai éprouvé des sensations, pour la première fois, Leo. Vraiment.

Elle promena alors les doigts sur la nappe. Pendant une épouvantable seconde, Leo crut qu'elle allait lui prendre la main pour chercher son réconfort ou son soutien, quand il ne pouvait lui offrir ni l'un ni l'autre, mais elle se contenta d'écarter d'invisibles miettes.

Une bataille d'émotions conflictuelles faisait rage en Leo. Il devait partir, s'éloigner au plus vite de ces yeux bleus qui innocemment le tenaient prisonnier, fuir le corps séduisant dont la seule vue le tourmentait. Il ne céderait pas à son désir. L'abstinence serait sa pénitence – même si c'était un peu tard.

— Nous devrions rentrer, déclara-t-il brusquement.

Et, histoire de faire comprendre à Emma qu'il s'agissait d'un ordre, et non d'une suggestion, il fit le tour de la table et posa une main sur sa chaise.

— Bien sûr.

Bien que visiblement surprise de ce départ précipité, elle se leva à son tour. Comme elle rassemblait ses cheveux et les faisait passer par-dessus une épaule, des effluves de son parfum fleuri lui assaillirent les sens. Il résista à une furieuse envie d'embrasser la peau délicate de son cou soudain exposé.

Elle se tourna alors, si proche qu'il sentit sa chaleur. Le désir le submergea, intense, impératif. Il recula d'un pas, croisa le regard d'Emma. La douceur, la confiance, l'émotion qu'il y lut mirent sa résolution à rude épreuve.

Il prit le bras d'Emma pour l'entraîner en toute hâte vers la sortie sans se soucier des regards étonnés des dîneurs qui suivaient leur départ.

Une fois dans la voiture, il agrippa le volant, attendit qu'Emma attache sa ceinture de sécurité, puis démarra dans un rugissement de moteur.

8.

La gynécologue immobilisa le transducteur sur le ventre d'Emma.

— Vous entendez ce solide battement de cœur ?

Emma hocha la tête, incapable de parler sous l'effet de l'émotion. C'était donc bien réel, une petite vie grandissait en elle. Debout à côté de la table d'auscultation, Leo, silencieux depuis leur arrivée dans le cabinet, semblait à présent ne plus respirer.

La praticienne reprit son examen.

— Ici, vous voyez les bras et les jambes, et ceci est la colonne vertébrale du bébé.

Emma scruta l'écran, la gorge serrée. Elle n'avait jamais rien vu d'aussi émouvant.

— Je vais prendre quelques mesures afin de vous donner la date prévue de l'accouchement.

Leo se racla la gorge, avant de s'adresser en italien à la gynécologue.

— *Non ci sono problemi ? È tutto normale ?*

— *Sì, tutto normale.*

Se tournant alors vers Emma, elle ajouta en anglais :

— Tout va bien, tout est absolument normal.

Pendant qu'elle prenait les mesures annoncées, ni Emma ni Leo ne pipèrent mot.

— Voilà. Votre bébé devrait naître le 14 février, le jour de la Saint-Valentin !

Emma se mordit la lèvre pour en calmer le tremblement et se força à sourire. Cet enfant n'avait pourtant pas été conçu sous le signe du romantisme et de l'amour… Une incontrôlable passion avait été présente, certes, mais elle ne s'était plus manifestée depuis. Les échanges avec Leo se limitaient à des conversations polies et formelles, comme s'il sabotait délibérément leur relation, éteignait chaque étincelle avant de lui laisser une chance de s'enflammer.

Mais leur bébé était là, son petit cœur battait, il se préparait à faire son entrée dans le monde. Aussi, même si sa présence avait semé le chaos en elle en la forçant à épouser un homme qui refusait obstinément de s'ouvrir – tout en parvenant à lui mettre le corps à feu et à sang en un seul regard –, ce bébé était la chose la plus merveilleuse qui soit arrivée dans sa vie.

Emma s'essuya le ventre, puis descendit de la table d'auscultation pendant que la gynécologue imprimait les images de l'échographie. Lorsqu'elle les lui tendit, Leo la devança, s'en saisit et les glissa illico dans la poche de sa chemise.

— Je vais vous donner un rendez-vous pour l'examen de la vingtième semaine. Je pourrai alors vous dire le sexe du bébé. Si vous souhaitez le connaître, bien entendu.

Dans la rue, tandis qu'ils rejoignaient la voiture, Emma attendit un commentaire de Leo. En vain. Il gardait les yeux rivés devant lui, la bouche serrée. À croire que voir les premières images de son enfant l'avait laissé de marbre !

Comme ils attendaient au bord du trottoir de pouvoir traverser, incapable de se retenir plus longtemps, elle se protégea les yeux du soleil pour le regarder.

— C'est incroyable d'avoir des images si nettes d'un aussi petit bébé, tu ne trouves pas ?

— *Sì.*

Emma attendit, mais Leo ne semblait pas disposé à

parler davantage. Il ne la regardait d'ailleurs même pas. Abandonner à ce stade aurait été admettre une défaite, cela aurait été accepter que, en plus de n'avoir pas de temps à lui consacrer, il n'en avait pas pour son bébé non plus. C'était insupportable. Elle ravala donc son orgueil et insista.

— Combien a-t-elle dit que le bébé mesurait ? Cinq centimètres de la tête aux fesses ?

— *Sì.*

Un bus ralentit en passant à leur hauteur. Emma vit leur reflet dans ses fenêtres. Leo, comme toujours impeccable en chemise blanche et chino en coton sergé marine, la dépassait d'une bonne tête. Elle, cheveux au vent, en robe d'été et ballerines. Ils avaient l'air de deux étrangers, semblaient appartenir à deux mondes différents.

Lorsque le feu passa au vert, Leo lui prit le bras pour l'entraîner à travers la foule des piétons. Arrivés sur le trottoir opposé, il la lâcha. Emma dut accélérer le pas pour rester à sa hauteur. La chaleur était intense, mais elle tint bon, déterminée à le décrisper.

— As-tu envie de connaître le sexe de ce bébé à la prochaine échographie ou préfères-tu avoir la surprise ?

Leo tourna enfin la tête, la foudroyant du regard.

— Je n'en sais rien, Emma. Et ce n'est franchement pas le moment d'en discuter.

— Pourquoi ?

— Parce que j'ai une pile de dossiers qui m'attendent sur mon bureau, deux appels en visioconférence à passer et une réunion du conseil d'administration. Alors, si cela ne te dérange pas trop, nous poursuivrons cette conversation à un autre moment.

Ils avaient atteint la rue où était garée la voiture. Leo déclencha le déverrouillage tout en parcourant les derniers mètres. Emma s'arrêta alors, fatiguée d'essayer en vain de communiquer avec lui, de devoir faire taire sa douleur intérieure, d'être sans arrêt rejetée.

Les dernières semaines avaient été épuisantes sur les plans physique et moral. Elle s'était lancée dans cette aventure sans savoir exactement ce qu'elle devait attendre de ce mariage, mais avec l'espoir qu'ils apprendraient à se connaître, prendraient plaisir à être ensemble, se conduiraient comme un couple normal dans tous les sens du terme, au lieu de cohabiter en tant que futurs parents. Quelle naïveté de sa part, pour ne pas parler de stupidité !

Une vague d'amertume fondit sur Emma. Chacun de ses espoirs avait été anéanti, à commencer par celui qu'elle avait caressé pour leur nuit de noces. Dire qu'elle s'était mise sur son trente et un, armée d'optimisme, s'était admirée dans le miroir, se sentant sexy dans ses nouveaux sous-vêtements. Elle avait même imaginé lire le désir dans les yeux de Leo, et s'était attendue à passer une nuit de passion entre ses bras !

Mais il n'avait pas voulu d'elle. Il l'avait raccompagnée sans un mot à la villa, puis avait disparu après un rapide bonsoir, sans même un baiser. Elle sentit ses joues la brûler au souvenir de cette humiliation. Seule dans sa chambre, elle avait laissé libre cours à ses larmes, avant de regarder en face la réalité de leur situation. Leo l'avait uniquement épousée dans l'intérêt du bébé. Elle aussi, à vrai dire. Sur ce plan, ils étaient quittes, et c'était pour cela que son attitude depuis l'échographie était si blessante. Qu'il ne s'intéresse pas à elle, d'accord, mais qu'il ne montre pas le moindre intérêt pour leur enfant… C'était trop douloureux.

L'instinct maternel d'Emma se révolta soudain. Chercher à s'expliquer avec Leo était inutile, autant parler à un mur ! Et c'était s'exposer, en plus, à raviver sa propre insécurité.

De rage, elle tourna les talons et repartit en sens

inverse. Mettre de la distance entre eux lui permettrait peut-être de se calmer, d'apaiser le tourbillon d'émotions qui menaçait de l'engloutir, de la briser.

Elle sentit Leo l'attraper soudain par le bras et la forcer à s'arrêter.

— Où crois-tu aller comme ça ?

— N'importe où, tant que c'est loin de toi !

Emma vit la mâchoire de Leo se serrer, ses yeux se plisser. Pour une fois, sa célèbre maîtrise lui faisait défaut. Elle chercha à se dégager, mais il raffermit sa poigne et lança avec une impérieuse froideur :

— Tu peux m'expliquer ?

— Je préfère te laisser comprendre tout seul.

— Ne me pousse pas à bout, Emma ! Tu vas revenir à la voiture et je te raccompagnerai à la maison.

— Non. Je suis capable de rentrer seule. Et puis, ce n'est pas ma maison. Je n'ai pas de maison.

— Que racontes-tu ? Bien sûr, que tu as une maison ! Tu en as même plusieurs, en fait.

— Elles ne sont pas à moi. Ce sont les tiennes. *Tes* maisons, *tes* voitures, même *tes* vêtements, puisque c'est toi qui les as payés pour moi. Tout ce que je possède, moi, c'est un bébé dont tu ne veux pas !

Emma s'arrêta essoufflée. Elle avait peine à retenir les larmes qui lui brûlaient les yeux.

— Maintenant, tu deviens ridicule.

— Ah bon ? Parce que je dis la vérité, peut-être ?

Elle vit Leo prendre une profonde inspiration. De toute évidence, il cherchait à se contrôler.

Il lui prit alors les deux mains en un geste plein de douceur.

— Je comprends que, dans ton état, tu puisses agir sans réfléchir.

— Ça n'a rien à voir avec mon état ! rétorqua-t-elle vivement.

Une passante leur lança un regard curieux. Emma attendit qu'elle se soit éloignée pour poursuivre.

— En revanche, ça a tout à voir avec ton arrogance et ton comportement dominateur.

Leo la lâcha et enfouit les mains dans ses poches d'un air nonchalant qui ne la trompa pas.

— Vraiment ? Je te trouve bien prompte à souligner mes défauts.

— Ce n'est pas difficile, je n'ai que l'embarras du choix !

— Dans ce cas, je suis désolé de ne pas être l'homme que tu aimerais que je sois.

— Toi, désolé ? Allons, ne me fais pas rire ! Tu te moques des autres. Tu m'as épousée par devoir, mais tu avais d'emblée l'intention de poursuivre ta vie comme avant, avec ton travail, tes voyages, tes plaisirs, tes marchés à conclure et… probablement tes sublimes maîtresses.

Le cœur d'Emma battait à tout rompre à présent. Consciente de s'être emportée sous l'effet de sa fureur et de sa peine, elle baissa les yeux tandis que le silence les enveloppait de longues secondes. Ce fut Leo qui le rompit.

— Non, Emma. Il n'y aura plus d'autres femmes. Nous sommes mariés, j'ai prononcé des vœux et je les respecterai. Toujours.

— Tu dis ça maintenant, mais…

— Il n'y a pas de « mais » qui tienne, l'interrompit-il en lui soulevant le menton d'une main ferme. Je serai entièrement fidèle, et je m'attends à ce que tu le sois aussi.

Emma cilla de surprise. L'idée de le tromper était si ridicule que c'en était risible. Elle ne désirerait jamais un autre homme, aucun n'égalerait Leo. Il resterait son seul et unique amant. Elle se voyait déjà telle Miss Havisham, l'héroïne de Dickens, vieille fille aux cheveux blancs se languissant éternellement pour celui qui ne voulait pas d'elle. Pourtant, le fait qu'il l'ait épousée la différenciait de ce personnage morose et chaste des *Grandes Espérances*.

Et la déclaration de Leo était ferme, provocatrice aussi, comme s'il cherchait à obtenir une confirmation.

— Bien sûr, marmonna-t-elle, cela va sans dire.

Le regard de Leo passa alors d'autoritaire à intense. Inclinant la tête, il lui caressa la joue du bout du pouce avec une douceur si inattendue qu'Emma frissonna.

— Dans ce cas, puisque nous sommes d'accord sur ce point, il nous incombe de faire tout notre possible pour donner à notre mariage une chance de réussir.

— Tout en respectant tes propres termes, j'imagine ? lâcha Emma avec défiance.

— Les termes peuvent être discutés. Maintenant, vas-tu m'accompagner à la voiture ou vais-je devoir t'y porter de force comme une enfant récalcitrante ?

Leo le dominateur était donc de retour – l'éclat de ses yeux mis à part. Emma cilla, avant de lui lancer un regard torve. Trop tard, il avait perçu son trouble et en profita pour lui passer un bras autour des épaules et l'escorter jusqu'au petit bolide rouge.

Une fois assise à côté de lui, elle se demanda comment, pour la énième fois, il avait réussi à la rallier à sa décision, et si elle trouverait un jour la combativité nécessaire pour tenir tête à cet homme. Pour arriver à vivre à ses côtés sans renier ses propres aspirations.

Leonardo étala sur son bureau les photos de l'échographie. Entendre le cœur du bébé battre l'avait ému au point de lui couper le souffle, et les yeux d'Emma levés vers lui en attente d'une réaction lui avaient porté le coup final. Incapable de maîtriser son émotion, il avait dû quitter au plus vite cette salle de consultation à l'atmosphère oppressante, s'éloigner de sa compagne et prendre le temps de se calmer.

Enfin seul, il examina les clichés, traçant du bout d'un doigt les contours du bébé. Son fils ou sa fille. Un sentiment indéfinissable naissait au fin fond de lui, à la fois doux et intense. De la joie mêlée d'une peur angoissante.

Des années auparavant, avoir un enfant avait fait partie de son plan de vie. Du temps où il pensait devenir le prochain comte de Ravenino, où il avait accepté d'épouser Cordelia Moretti ; produire un héritier était un devoir qu'il aurait alors effectué avec la diligence requise, comme toute autre tâche nécessaire au bien-être de sa famille.

Quel imbécile il était alors ! Même une fois dépossédé de son futur titre, son sens malavisé de l'honneur l'avait poussé à maintenir le mariage. Leonardo Ravenino tenait toujours parole, il ne laissait jamais tomber les gens.

Quel idiot !

Il frissonnait encore d'effroi au souvenir de l'expression de Cordelia au moment où il lui avait fait part de cette nouvelle qui se voulait réconfortante. Sa surprise, sa panique aussitôt masquée sous un air détaché. Elle l'avait alors informé que ce ne serait pas nécessaire. On avait donc fomenté un nouveau plan. Après un temps de séparation respectueux, elle épouserait Taddeo, le frère de Leo, le véritable comte de Ravenino.

Personne n'en avait informé Leo pour la bonne raison qu'il ne comptait plus.

Trahi par sa mère, abandonné par sa fiancée, il avait décidé de ne jamais plus accorder sa confiance à une femme. Même si Cordelia avait davantage blessé son orgueil que son cœur, il refusait, depuis, de se laisser manipuler par la gent féminine. Finis pour lui les engagements, les liens sentimentaux et les complications. Finis les enfants aussi ! Sur ce point, il avait été inébranlable.

Tant de résolutions, pour voir à nouveau une femme modifier le cours de sa vie ! Cette fois cependant les conséquences étaient bien plus sérieuses qu'une fierté blessée ou la perte d'un titre. Elles étaient considérables.

Leo rangea les photos de l'échographie dans l'enveloppe, puis se passa les deux mains dans les cheveux. Il repensa soudain à la manière dont Emma s'était emportée dans la rue. C'était la première fois qu'il la voyait en colère, qu'il sentait l'intensité de son feu intérieur. Cela avait produit sur lui un effet étrange. De l'irritation, certes, mais aussi un sentiment de triomphe. C'était comme si cette manifestation d'émotion avait libéré quelque chose entre eux. Cela avait eu le mérite de le faire cesser de broyer du noir, et d'éveiller son désir qui, soit dit en passant, couvait en permanence avec cette femme.

Mais si Emma s'imaginait que faire des caprices en public lui permettrait toujours d'avoir gain de cause, elle se trompait. C'était aussi valable pour ceux faits dans l'intimité, d'ailleurs. Leo en avait trop vu au cours des dernières années. Les accusations de maîtresses abandonnées, les larmes rageuses et les insultes, justifiées peut-être, mais pas pour autant agréables.

L'article sans concessions d'Emma avait peint de lui une image extrêmement peu flatteuse. Emma le décrivait comme un don Juan des temps modernes, un coureur de jupons impénitent qui pavait son sillage de cœurs blessés, le tout à l'aide d'adjectifs hauts en couleur et en une prose moralisatrice sous-entendant que son auteure était trop intelligente pour se laisser séduire par un tel homme. Pourtant, elle avait succombé. Même si sa fierté, ou un remords tardif, l'avait poussée à omettre ce fait dans ses écrits, il était bien réel. Elle ne pouvait supprimer leurs corps enlacés, leurs ébats passionnés, son plaisir non muselé, ses gémissements, les spasmes de son corps lorsque dans l'ultime abandon elle avait crié son prénom. Pas plus qu'elle ne pouvait supprimer le bébé qui grandissait dans son ventre.

Quant aux allusions relatives à son passé, ses suppositions à peine voilées concernant son infidélité envers Cordelia et son style de vie, qui auraient incité son père à l'écarter de l'administration de la principauté de Ravenino, Emma s'était complètement trompée. Ce n'en était pas pour autant une consolation.

Leo n'avait donc eu d'autre choix que de prendre le téléphone pour demander qu'Emma Quinn soit renvoyée du *Paladin* avec effet immédiat. Il était dans son droit, il aurait pu ruiner le journal avec un procès mais, en vérité, c'était elle seule qu'il voulait punir. Cela pour deux raisons. D'abord parce qu'elle l'avait forcé à lire un récit de sa vie hédoniste qu'il refusait de regarder en face. Ensuite, et plus grave, parce qu'elle avait fouillé son passé, essayé de découvrir le chapitre de sa vie dont il s'efforçait de tourner la page. Avoir parcouru des archives à la recherche d'éléments juteux susceptibles d'être agencés en une hypothèse tragique représentait la pire des trahisons.

À l'époque, la fureur de Leo avait pris le pas sur toutes ses autres émotions. Avec le temps, elle s'était atténuée et avait bientôt été remplacée par sa culpabilité d'avoir abandonné Emma au petit matin sans une explication. À présent, étant donné la manière dont il la traitait, il se sentait en plus coupable de lui manquer du respect le plus élémentaire dû à sa situation. La honte continuait de fondre sur lui à l'improviste, ce qui lui déplaisait profondément. Il se sentait faible, voulait le dissimuler, et redoublait donc d'efforts pour la tenir à distance.

Pour cette raison, Leo avait dû faire taire Emma dans la rue. Sa toute récente épouse devait apprendre que, plus quelque chose comptait pour lui, moins il en parlait. Que les circonstances les aient forcés à vivre ensemble ne lui donnait pas le droit de chercher à pénétrer dans ses pensées. Il procurerait tout le confort nécessaire ainsi que la sécurité à Emma et au bébé, il serait fidèle, mais ses devoirs s'arrêtaient là.

Leo se renfonça dans son fauteuil, le fit pivoter vers la baie vitrée, puis contempla la vue sur Milan en contrebas. Tout était arrivé si vite qu'il n'avait pas pris le temps de considérer les implications morales de son mariage. En revanche, il avait été franc en promettant d'être fidèle. À en juger par la manière extraordinaire dont son corps réagissait à la seule vue d'Emma, elle suffirait à combler ses besoins. Le moment venu. Et il ferait en sorte de combler les siens. Ce serait un plaisir ! Littéralement.

Sur le plan physique, leur mariage serait une réussite, Leo n'en doutait pas. Sur le plan des émotions cependant, Emma devrait comprendre à qui elle avait affaire : à un homme qui ne faisait ni dans les sentiments ni dans le romantisme. Elle n'aurait qu'à se référer à son article pour se souvenir de sa nature profonde. Leonardo Ravenino avait un cœur de pierre.

Plus vite elle en prendrait conscience, mieux ce serait.

9.

Leo rentra tard à la villa Magenta. Le travail ayant fini par apaiser le tumulte de son esprit, il avait retrouvé une certaine sérénité.

Contrairement à son habitude, Emma n'était ni dans le salon, ni dans la bibliothèque. Saisi d'un malaise diffus, il fit le tour du rez-de-chaussée, sans oublier la terrasse, où elle lisait parfois quand la fraîcheur du soir arrivait. Personne.

Finalement ce fut Maria qui le renseigna : la *signora* était allée se promener dans le parc sitôt son dîner terminé, environ une heure auparavant.

Leo respira lentement. Il devait se calmer, cesser de réagir de manière excessive et empêcher les faits et gestes de sa jeune épouse de le déstabiliser.

Il trouva Emma assise sur un banc face au lac. L'entendant parler au téléphone, il s'arrêta et tendit l'oreille. Sa conversation semblait animée. Peu agréable aussi, à en juger par la manière dont elle avait enroulé une jambe autour de l'autre et pianotait rapidement du bout des doigts sur son genou.

— Arrête, s'il te plaît, de toute manière, tu ne serais pas venue au mariage.

Leo se rapprocha.

— Exactement, je ne voulais pas être dissuadée. Leo

et moi avions décidé de nous marier le plus tôt possible avant la naissance du bébé.

Emma soupira en entortillant une mèche de cheveux autour de son doigt.

— Je sais, maman, qu'il y avait d'autres choix, mais je devais faire ce qui était le mieux pour moi, et pour cet enfant.

La voix d'Emma était maintenant entrecoupée de larmes retenues. Leo se figea.

— Je ne te demande pas de comprendre, je t'ai avertie simplement, car je pensais que tu voudrais savoir.

Leo en avait assez entendu. Il sortit de l'ombre et se racla la gorge pour avertir Emma de sa présence.

Elle sursauta, lui lança un regard noir, puis prit rapidement congé de sa mère.

— C'est impoli d'écouter les conversations. On ne te l'a jamais dit ?

Il ignora la question et s'assit à côté d'elle.

— Tu parlais à ta mère, non ?

— Oui.

— Elle te félicitait, c'est ça ?

Ce sarcasme masquait la haine instinctive de Leo pour cette femme qui avait si mal traité sa fille.

— Pas exactement. Maman est contre le mariage. Surtout avec un milliardaire capitaliste.

Leo laissa échapper un petit rire dédaigneux. Peu lui importait l'opinion de cette femme sur lui ou son style de vie. En revanche, qu'elle ait été incapable de soutenir sa fille le révoltait. Il observa Emma. Dans sa robe en coton jaune vif, elle lui faisait penser à un rayon de soleil, mais entendre son échange avec sa mère avait terni son humeur.

— Pourquoi la laisses-tu te toucher de la sorte ?

— Parce que c'est ma mère, j'imagine.

— T'avoir mise au monde lui donne donc le droit de te maltraiter à vie ?

— Je n'ai jamais dit qu'elle me maltraitait.

— Je ne parlais pas de maltraitance physique, mais morale. T'accuser à tort était inadmissible, tout comme te rendre responsable de ses échecs amoureux. Il serait bon qu'elle commence à te témoigner plus de respect.

Le regard stupéfait qu'Emma posa sur lui le toucha. Trouvait-elle si surprenant qu'il prenne son parti ? Une pensée lui vint alors à l'esprit : personne peut-être ne l'avait jamais soutenue, elle avait toujours fait face à la vie toute seule, et il n'avait rien fait pour l'aider sur ce point.

Les termes dans lesquels ils s'étaient quittés le matin n'étaient pas des plus amicaux. Dans la voiture, Emma avait gardé les yeux rivés sur la route et lui-même avait conservé un silence obstiné. Il l'avait déposée devant le perron de la villa et était reparti avec un rapide « À ce soir » qu'elle avait ignoré, dans sa hâte à descendre de voiture. Sa propre attitude, qu'il trouvait raisonnable après avoir été victime d'une scène dans la rue, lui paraissait à présent dure, insensible, voire cruelle.

— Et si elle en est incapable, poursuivit-il d'un ton impitoyable, tu ferais mieux de couper tout lien avec elle.

Emma haussa les sourcils et lui lança un regard dubitatif.

— Comme tu l'as fait avec ta famille ?

Leo serra les dents. Voilà qui lui apprendrait ! En essayant de l'aider, en commençant à lui témoigner un peu de sympathie, il était tombé droit dans son piège. En un éclair, Emma venait de passer de l'état de fille aînée ayant subi un préjudice à celui de journaliste indiscrète.

— Toujours à la recherche d'un scoop, hein ?

— Non, je te posais cette question en tant qu'épouse et mère de ton enfant. Je ne suis plus journaliste, au cas où tu l'aurais oublié.

— Je n'ai rien oublié, rétorqua Leo sans parvenir à dissimuler son amertume. Je me souviens en particulier de tes fausses hypothèses concernant les raisons de mon départ de Ravenino.

— Dans ce cas, raconte-moi la véritable histoire ! Pour quelle raison n'as-tu pas hérité du titre de comte de la principauté qui te revenait de droit ?

Même si Emma avait parlé avec douceur – probablement dans le but de l'amadouer –, Leo la savait déterminée à obtenir une réponse à cette question. Or la simple évocation de Ravenino le faisait grincer des dents. Une réaction irrationnelle, mais irrépressible. Malgré quatre ans passés à s'efforcer d'oublier à travers toujours plus de travail et toujours plus de maîtresses, sa rancœur restait aussi présente qu'au premier jour, telle une blessure ouverte à la douleur insupportable. Il n'était pas prêt à avouer cette faiblesse.

— Ma famille est morte à mes yeux. C'est tout ce que tu as besoin de savoir.

— Pourquoi ?

— Parce qu'il vaut mieux laisser certains événements croupir dans l'ombre.

— Je crois au contraire que certains événements gagnent à être exposés au grand jour.

— Cette perle de sagesse sort du grand livre de l'amour et de la paix ? ironisa-t-il. Attention, Emma, tes racines hippies refont surface.

— Quelle importance ? Au moins, j'ai eu le courage de ne pas renier mon passé. Je l'ai même partagé avec toi.

— *Che diavolo !* jura Leo en se prenant le cou à deux mains. Puisque tu tiens à savoir, voilà un scoop : ma mère était menteuse, femme adultère et manipulatrice. Cela suffit-il à étancher ta soif de scandales ?

— Je ne cherche pas les scandales, Leo, simplement la vérité.

— C'est la même chose, tu finiras vite par t'en rendre compte.

Il se tourna vers elle pour poursuivre :

— J'ai passé les vingt-huit premières années de ma vie en étant persuadé que j'hériterais un jour du titre de comte de Ravenino, pour découvrir peu avant le décès de mon père que je n'avais pas une goutte de sang Ravenino dans les veines.

Emma écarquilla les yeux.

— Je ne comprends pas.

— Je porte ce célèbre patronyme, mais ça s'arrête là, parce qu'Alberto Ravenino n'était pas mon vrai père.

— Alors tu es le fruit d'une histoire d'amour entre ta mère et un autre homme ?

Leo lâcha un rire méprisant.

— Comme tu es romantique, Emma ! J'apprécie ta tentative d'embellir ma conception, mais je suis, c'est une forte probabilité, le résultat d'une coucherie sordide, et sans aucun doute une terrible gêne pour toutes les personnes concernés. Ma mère a laissé Alberto croire qu'il était mon père, elle lui a menti toute sa vie. Sur son lit de mort, avant de rencontrer son Créateur, il a cependant voulu vérifier ses suspicions afin de partir l'esprit en paix.

Emma sentit ses joues s'enflammer de honte. Leo n'avait pas été dépossédé de son titre à cause de son comportement immoral. Sa famille l'avait trompé, et elle aussi, avec ses blessantes hypothèses.

— Je suis vraiment désolée, Leo.

— Je ne veux pas de ta compassion.

Bien sûr. Leo Ravenino n'était que force, puissance et

maîtrise. La compassion s'adressait aux faibles. Lui n'en avait nul besoin.

— Je ne te l'offre pas. Je tenais à m'excuser d'avoir écrit ces horreurs sur toi. Si j'avais su, jamais je n'aurais…

— Épargne-moi tes excuses. Elles ne m'intéressent pas.

— Peut-être, mais je ne te connaissais pas à l'époque, d'où mes erreurs.

— Tu ne me connais pas plus maintenant. Je doute d'ailleurs que tu me connaisses un jour.

Emma se mordit la lèvre. Leo avait raison. En dépit d'une nuit partagée – et d'une cohabitation distante –, ils savaient très peu de chose l'un de l'autre. Elle avait espéré, supposé même, qu'au fil du temps ils apprendraient à se connaître, à se faire confiance, à s'aimer peut-être, mais ce n'était pas l'intention de Leo. En fait, il était en train d'utiliser son passé pour la tenir hors de sa vie. Son visage fermé lui indiquait plus clairement que des mots qu'elle ne devait pas prolonger cette épreuve.

Pourtant, malgré la manière dont il la repoussait sans cesse, Emma avait de la peine pour lui et pour les souffrances qu'il avait endurées. Ses paroles pleines d'amertume à propos de sa mère et de son père biologique montraient combien ses blessures étaient encore vives. Leo méprisait l'homme qui l'avait engendré et qui avait ensuite fui ses responsabilités.

En fait, son sens de l'honneur dictait toutes ses actions. Il avait certainement brisé le cœur de plusieurs maîtresses, mais il ne trichait pas. Et quand il l'avait mise enceinte, il n'avait pas hésité à l'épouser. C'était la solution décente, peu lui importaient les désagréments que l'arrivée d'un bébé apporterait dans sa vie.

Contrairement à son propre père, réalisa Emma, il n'abandonnerait jamais son enfant. Les fortes valeurs morales de Leo étaient un réconfort, en un sens, car elles indiquaient qu'il serait toujours présent pour eux, s'assurerait qu'ils ne manquent de rien. D'un autre côté, découvrir en lui ce trait de personnalité la rendait plus vulnérable. Petit à petit, elle sentait Leo s'infiltrer dans son cœur.

Le soleil avait disparu derrière les Alpes, dont les sommets étaient visibles au loin. L'obscurité les enveloppait à présent. Machinalement, Emma porta les mains à son ventre. Leur bébé y grandissait. Cela lui donna le courage d'insister, d'essayer de soulager Leo de son fardeau ou, au moins, de l'alléger.

— Sais-tu qui est ton père biologique ?

— Non, et ça m'est totalement égal. Un homme qui tourne le dos à son enfant et laisse un autre l'élever ne mérite pas le nom de père.

— Tu ne connais pas les circonstances dans lesquelles ça s'est passé. Il ignorait peut-être ton existence. Ta mère peut avoir eu des raisons de la lui taire.

— Ils n'ont d'excuses ni l'un ni l'autre. Ma mère a menti et trompé son mari. Quant à lui, il avait des doutes, mais il a été trop faible pour s'y confronter en temps voulu. Tous trois ne méritent que mon mépris.

— Tu ne crois pas que…

— Ça suffit ! l'interrompit-il sèchement. Pourquoi t'entêtes-tu à chercher du bon dans les gens quand il n'y en a pas une once ? Ma mère, la tienne… En essayant de justifier leur comportement, tu t'humilies.

Emma ignora ces paroles destinées à la blesser.

— Et si je cherche le bon en toi ?

— Alors tu es idiote.

La réponse avait fusé. Leo tourna la tête, lui offrant un profil de marbre, mais Emma ne s'avoua pas vaincue. Elle posa la main sur son bras. Sa peau était chaude à travers sa chemise, mais ses muscles étaient rigides. Il ne la repoussa cependant pas.

— Nous commettons tous des erreurs. Il nous arrive à tous de prendre des décisions que nous regrettons plus tard.

— Eh bien, dans mon cas particulier, cette *erreur* m'a fait tout perdre.

— Tu exagères un peu, non ?

— La principauté de Ravenino, le titre de comte, mon foyer, le rôle pour lequel j'avais été préparé depuis l'enfance… Ce n'est pas suffisant pour toi ? Oh ! et ma fiancée, ne l'oublions pas.

Emma se figea.

— Cordelia ?

— Oui, Cordelia. Bravo, Emma de te souvenir de son nom ! À présent, pour clarifier les choses, sache que mon infidélité n'a pas été la cause de notre rupture. C'est un test ADN qui en a décidé. Il a décidé aussi de mon avenir ou, pour être exact, de celui qui devait être le mien.

Emma se souvint alors des photos trouvées lorsqu'elle avait mené ses recherches : celles du mariage de Cordelia Moretti avec Taddeo, le jeune frère de Leo désormais à la tête de la principauté de Ravenino. Sur ces clichés, elle avait découvert la fameuse fiancée. Une jeune femme aux longs cheveux bruns remontés en un élégant chignon qui mettait en valeur son cou gracile et découvrait de longues boucles d'oreilles en diamants. Ravissante et sophistiquée, tout ce qu'elle-même n'était pas.

Contrairement à sa supposition initiale, Leo n'avait pas trompé Cordelia, c'était lui qui avait été trahi, avait eu le cœur brisé. Souffrait-il encore plus cruellement de cette rupture que d'avoir perdu son titre ?

Cette pensée pinça le cœur d'Emma. Pas étonnant qu'il ne lui ait jamais manifesté le moindre sentiment. Elle ne serait jamais capable de rivaliser avec une femme telle que Cordelia. Et c'était douloureux…

Elle ôta lentement sa main du bras de Leo.

— Tu n'as plus de questions sur mon passé tragique, Emma ? demanda-t-il soudain.

— Non.

— Très bien.

Il se leva.

Leo allait partir ? Une boule obstrua soudain la gorge d'Emma, accompagnée d'un sentiment d'urgence. D'accord, il ne l'aimerait jamais, mais elle était sa femme et portait son enfant. Ils étaient donc liés pour la vie. Elle avait deux solutions : se morfondre à ses côtés et se laisser doucement anéantir, ou lutter.

Ça, Emma savait faire.

Elle avait toujours fait preuve de force face aux épreuves de la vie. Dès l'âge de seize ans, elle avait volé de ses propres ailes, travaillé, étudié, combattu la misère, trouvé sa voie et décroché un poste. Plus récemment, elle avait fait face à sa grossesse, avait déménagé pour épouser un homme qui lui était presque étranger, le tout sans jamais s'effondrer. Elle n'allait pas commencer à présent. Le destin lui avait joué un drôle de tour, mais il lui avait aussi donné des atouts dont elle se servirait.

Redressant les épaules, elle leva la tête vers Leo et le regarda droit dans les yeux :

— En fait, si, j'ai une autre question. Qu'espères-tu de notre relation, Leo ?

Au mouvement de sa mâchoire, elle devina son irritation. Ses lèvres se serrèrent, puis se détendirent, et il répondit d'un ton nonchalant :

— Je pensais que nous avions déjà éclairci ce point.

— Non, répliqua Emma, le cœur battant à tout rompre.

Du moins, pas de manière satisfaisante pour moi. J'aimerais savoir ce que tu attends de moi, quel est mon rôle.

Les yeux de Leo se plissèrent tandis qu'un éclat dangereux y brillait.

— Tu es ma femme, la mère de mon enfant. Ces deux concepts me semblent assez simples à comprendre.

— Mais pas ton amante ?

Grisée par sa propre audace, elle se hâta de poursuivre avant que tout courage ne l'abandonne :

— Je veux dire, vais-je partager ton lit ?

— En as-tu envie, Emma ?

L'entendre lui retourner la question la déstabilisa tout à coup.

— Je… Je voudrais avoir certaines précisons sur…

— Des précisions ? murmura-t-il.

Et avant qu'elle n'ait eu le temps de répondre, il se pencha et lui caressa la lèvre inférieure, comme pour lire la suite en braille.

— Que veux-tu, Emma, un sommeil chaste ou des nuits torrides ?

Elle ne put réprimer un frisson tandis qu'il prolongeait sa caresse jusqu'à son cou, tout en approchant sa bouche pour achever en un souffle :

— Parce que la seconde hypothèse est dans mes cordes… Si c'est vraiment ce que tu veux.

Vouloir était un terme bien faible. Emma le désirait de tout son corps. Le désir la consumait. À un tel point qu'elle aurait échangé son âme contre des nuits entre les bras de Leo.

Un gémissement lui échappa.

— Dis que tu le veux, Emma.

— Je… Je le veux.

Leo lui saisit alors la tête et plaqua la bouche sur la sienne avec force. Un baiser autoritaire, qui envoya une onde à la fois brûlante et douce au plus profond d'Emma, chassant en un éclair doutes et peurs. Cette fusion extraordinaire les plaçait dans un monde enchanté, du moins pour l'instant.

Lorsque leurs lèvres se séparèrent, le cœur d'Emma battait à tout rompre, et son corps frissonnait de désir. Soudain, une certitude l'envahit. Sa place était dans les bras de Leo. Lui seul pouvait la rendre totalement heureuse. Il était… son port d'attache ! Elle comprit alors en un éclair le sens figuré de cette expression employée par un copain baroudeur de sa mère, qui avait fini par mettre fin à ses aventures pour s'installer avec une femme. C'était pourtant là une voie dangereuse à emprunter pour elle.

Comme si Leo avait deviné le cours de ses pensées, il déclara d'une voix grave :

— Je ne peux pas être l'homme que tu souhaites me voir être, Emma. Mets-toi bien ça dans la tête.

En proie à une brusque hardiesse, Emma se leva, lui posa une main sur le torse, puis l'abaissa jusqu'à son pantalon et rencontra un renflement significatif.

Elle avait donc du pouvoir…

Elle ne serait jamais plus une victime !

Forte de cette certitude, elle pressa sa paume contre l'érection de Leo.

— Dans ce cas, je prendrai l'homme que tu es.

Leo regarda le beau visage à l'expression déterminée qu'Emma levait vers lui. À la vue de ses yeux assombris de désir, le sien gronda en lui, brûlant, impatient, tel un flot pressant en amont d'un barrage sur le point de rompre.

Il avait essayé de protéger Emma, de la prévenir, mais elle avait tourné son avertissement en promesse. Ses mots étaient les plus érotiques qu'il ait jamais entendus.

Je prendrai l'homme que tu es.

Eh bien, il allait lui donner cet homme.

Il prit les mains d'Emma, les posa sur ses épaules, puis lui passa un bras autour de la taille et la pressa contre lui. Un râle lui échappa lorsque son érection entra en contact avec l'arrondi du ventre d'Emma, qui se rapprocha davantage. Il glissa alors une jambe entre ses cuisses tandis que leurs lèvres se retrouvaient avec passion.

Quelques secondes plus tard, pantelant, Leo se détachait d'Emma ; il la regarda, si belle avec ses joues rosies et ses cheveux ébouriffés.

Sa femme.

Elle serait réellement sa femme ce soir, décida-t-il.

Il lui prit la main pour l'entraîner à travers le jardin jusqu'à la porte la plus proche, celle de la cuisine. En entrant, il actionna l'interrupteur, puis éteignit aussitôt, aveuglé par la lumière après l'obscurité extérieure. Il plaqua alors Emma contre le mur et lui empoigna les fesses. Comme elle tendait les hanches vers lui, il glissa une main sous sa robe légère, remonta le long de sa cuisse et introduisit un doigt au cœur de son intimité. Son gémissement le ravit. Il lui donnerait tout le plaisir possible avant de prendre le sien.

Lorsque Emma s'abandonna en un cri, Leo sentit son cœur battre à tout rompre. Cette femme était extraordinaire, elle le touchait comme aucune autre auparavant. Grande était son envie de la prendre sur-le-champ, mais elle méritait mieux.

Leo entrelaça leurs doigts et entraîna Emma vers sa chambre. Il allait lui faire l'amour dans son lit, passionnément, jusqu'à ce qu'il l'ait faite totalement sienne.

Jusqu'à ce qu'il ait apaisé son âme.

Jusqu'à ce qu'il trouve enfin la paix.

10.

— Voilà qui est parfait, vous avez pris le coup ! s'exclama Beatrice.

Emma éprouva une intense fierté. Elle avait enfin réussi à faire des pâtes correctes ! Satisfaire Beatrice n'était pas une mince affaire. La cuisinière, une petite dame rondelette, mère de six enfants et veuve depuis dix ans, avait dû trouver un emploi lorsque son mari les avait laissés sans le sou. Depuis, elle régnait en maître sur la cuisine de la villa Magenta. Sous ses airs bougons se cachaient un grand cœur et une passion pour son travail. Elle aimait par-dessus tout l'équipement ultra-sophistiqué mis à sa disposition et tirait de l'orgueil d'être employée par cette illustre maison.

La première épreuve d'Emma avait été de se faire accepter dans la cuisine ; les suivantes, de suivre les instructions de Beatrice, lancées dans un mélange d'italien et d'anglais au phrasé rapide et confus. Parfois, elle s'était fait écarter sans ménagement après avoir commis une faute apparemment d'importance, mais, au fil du temps, ses gestes s'étaient affinés, et son mentor l'avait enfin laissée approcher sa chère machine à pâtes pour faire ce qui était, selon elle, le plat préféré du *signor* Ravenino : des raviolis au jambon et à la ricotta.

— Peut-on les farcir à présent ? demanda Emma.

— *Sì... sì...*

Emma vivait dans la villa depuis deux mois déjà. Après leur rencontre au bord du lac, qui avait été suivie par une nuit de passion, ses rapports avec Leo avaient évolué. Ils éprouvaient un désir mutuel insatiable et incontrôlable auquel ils cédaient quand bon leur semblait.

Leo venait la retrouver la nuit. Lorsqu'elle dormait, il la réveillait d'une caresse et d'un baiser dans le cou avant de lui faire l'amour. Emma avait très vite appris à lui donner autant de plaisir qu'elle en recevait. De vierge innocente, elle était devenue experte dans l'art de satisfaire cet homme à la sensualité débordante. Lui offrir des plaisirs particulièrement intimes lui procurait même une grande joie doublée d'un sentiment de puissance.

L'évolution de leur situation se limitait pourtant au plan physique, car, sur les autres, le changement était régressif. En dépit de leur intimité nocturne, le reste du temps Leo semblait ériger autour de lui un mur de plus en plus infranchissable. Il était poli, s'enquérait de sa santé, de ses occupations de la journée, mais, cette courtoisie passée, son esprit s'évadait vers des sujets beaucoup plus dignes de son précieux temps.

Leurs rapports manquaient de manière flagrante de familiarité. Pas question pour eux de doux moments ensemble sur le canapé, à regarder un film ou à discuter comme le faisaient les autres couples. Ils ne partageaient même pas leur lit toute la nuit. Leo attendait qu'elle s'endorme ou invoquait son travail pour regagner sa chambre. Au petit matin, Emma se réveillait seule, avec pour seule trace de leur intimité des draps froissés imprégnés de leur odeur.

Dans ces moments, la phrase de Leo s'imposait à sa mémoire : « Je ne peux pas être l'homme que tu souhaites me voir être. » Il l'avait prévenue, elle était donc la seule à blâmer pour avoir voulu transformer leur relation. Elle n'avait pas écouté l'avertissement. Bien que s'efforçant d'adopter une attitude distante similaire à celle qu'il lui imposait, en veillant à ne pas laisser ses émotions prendre le dessus, elle pensait à Leo sans arrêt et rêvait de lui la nuit. Elle était en train de tomber amoureuse de lui et devait se retenir pour ne pas prononcer les mots tendres qui lui venaient naturellement.

Leo lui avait clairement fait comprendre qu'il n'éprouvait aucun sentiment à son égard ; à elle d'accepter la situation, aussi douloureux cela soit-il.

— *Buonasera.*

Emma sursauta en entendant la voix grave de Leo. Parfaitement décontracté dans un costume dont il tenait négligemment la veste sur l'épaule, ses yeux gris passaient de Beatrice à elle.

— Que faites-vous ?

— Beatrice m'a appris à faire un plat, répondit Emma en lui indiquant de la main les carrés de pâtes alignés dans un plat devant elle. Des raviolis au jambon et à la ricotta.

Leo haussa un sourcil appréciateur.

— Mon plat préféré. Je vais prendre une douche rapide, puis nous pourrons manger.

L'automne s'était déjà installé, mais la température très douce leur permettait encore de dîner sur la terrasse. Cela convenait à Emma, qui avait souffert des fortes chaleurs estivales.

— C'était délicieux ! déclara Leo. Beatrice a été un bon professeur. Elle va réussir à faire de toi une parfaite *mama* italienne.

Emma sourit.

— Ça reste à voir, mais j'aime beaucoup passer du temps en sa compagnie. C'est une cuisinière fantastique. Où l'as-tu trouvée ?

— Dans un restaurant de Milan où j'allais fréquemment. La nourriture était si bonne que j'ai demandé à la rencontrer. Je lui ai aussitôt proposé de venir travailler ici.

— Comme ça, tout de go ?

— Oui, je préfère l'approche directe.

C'était du pur Leo. Il trouvait toujours un moyen d'obtenir ce qu'il voulait. Sauf lorsque les circonstances échappaient à son contrôle, comme découvrir qu'il était un enfant illégitime et qu'il ne pourrait donc pas accéder à la fonction pour laquelle il avait été éduqué. Emma imaginait sans peine combien un tel camouflet avait dû être difficile à accepter pour un homme aussi fier. La blessure était toujours là, mais toutes les approches qu'elle avait tentées pour en discuter avec lui avaient été fermement repoussées.

— Son fils Giuseppe vient d'être embauché dans une grande société pharmaceutique, étais-tu au courant ? demanda Emma. Elle est enthousiaste, car son plus jeune enfant a un important problème de santé qui nécessite des soins très onéreux. Ce nouvel emploi va soulager la famille sur le plan financier.

— Oui, j'ai appris ça.

La réponse évasive de Leo éveilla la suspicion d'Emma.

— Tu n'aurais rien à voir là-dedans, par hasard ?

— Disons… que j'aime récompenser mes loyaux employés.

— Et leur famille ?

— Et leur famille, acquiesça-t-il, avant de prendre une gorgée de vin. La famille compte au plus haut point pour nous, Italiens. Tu devrais le savoir.

Emma le savait. C'était la seule raison de sa présence en Italie. Et avec lui. Raison encore douloureuse. Quelle que soit la manière dont elle justifiait leur étrange relation, savoir que celle-ci était immuable était difficile à accepter.

Elle prit le temps de manger un autre ravioli, puis de boire une gorgée d'eau. Leo brûlait d'envie d'en finir avec le dîner, c'était évident à la manière dont son pied se balançait sous la table et dont ses doigts pianotaient sur la nappe. Ses bonnes manières l'empêchaient cependant de se lever avant qu'elle ait terminé son assiette. Il devrait donc attendre.

Emma pensa soudain à un sujet susceptible de retenir l'attention de Leo.

— Au fait, nous avons eu de nombreuses candidatures de journalistes sur le site web aujourd'hui. Leur niveau a l'air excellent.

— Parfait, répondit-il en jetant un coup d'œil furtif à sa montre.

— Nous parviendrons à recruter des personnes valables, j'en suis convaincue.

— Tu y arriveras certainement.

Lasse de passer ses journées à ne rien faire, Emma avait demandé à Leo si elle pourrait s'impliquer dans certaines œuvres caritatives que Ravenino Enterprises sponsorisait. Il lui avait aussitôt suggéré de créer une fondation en son propre nom.

En plus d'y trouver une occupation stimulante, Emma avait vu là une occasion d'exploiter son expérience dans la communication. Consciente qu'elle menait une vie de privilégiée, elle avait choisi de soutenir la cause du chômage des jeunes et des sans-abri. Leo avait approuvé ce projet, lui conseillant même une approche de journalisme constructif, afin de sensibiliser l'opinion au sort de ces personnes démunies.

La fondation Read All About It avait ainsi vu le jour. La première action était d'inciter, grâce au financement de Leo, de jeunes journalistes à travailler auprès des institutions existantes pour souligner les problèmes rencontrés.

Emma, à la tête d'une petite équipe, s'était donc investie dans ce projet. Elle en appréciait la difficulté et, plus encore, le fait d'avoir la possibilité d'améliorer des vies. Une seule ombre au tableau : Leo s'était dissocié de son action une fois passé le lancement de la fondation.

Bien que connaissant d'avance la réponse à sa question, elle la posa dans une nouvelle tentative de l'intéresser.

— Voudrais-tu jeter un coup d'œil à nos comptes ?

— C'est inutile. La fondation est à ton nom, je t'en laisse le contrôle complet.

— Enfin, il s'agit de ton argent ! insista-t-elle. N'as-tu pas envie de t'assurer qu'il est dépensé judicieusement ?

— Mes avocats s'en chargeront. C'est leur travail.

Emma poussa un soupir. La confiance que lui accordait Leo était formidable mais, en se dégageant de toute implication, il mettait encore de la distance entre eux.

Résignée, elle reposa ses couverts avant de demander :

— As-tu fini de manger ?

— Oui, je te remercie, c'était délicieux.

— Dans ce cas, je vais chercher le dessert.

— Un dessert ?

Emma fit mine de ne pas remarquer la surprise qu'il affichait. Il n'appréciait pas les douceurs, elle le savait parfaitement, mais qu'importait. Elle rassembla donc leurs assiettes et disposa celles à dessert tout en répondant :

— Oui, Beatrice a voulu que je lui montre comment faire un pudding anglais. Faute d'avoir les ingrédients traditionnels, je me suis débrouillée avec ce que j'avais sous la main.

— Je suis curieux de voir le résultat.

Comme il repoussait sa chaise pour la suivre, Emma l'arrêta d'un geste. Il n'était pas question qu'il saisisse cette occasion de s'échapper !

— Non, attends-moi ici, je reviens tout de suite.

Le pudding n'avait pas l'allure espérée. Plutôt compact et brûlé sur le dessus, il n'était pas des plus appétissants. Une chance que Beatrice ait arrêté le four avant un désastre complet. Leo, qui ignorait probablement l'aspect idéal de ce gâteau, devrait s'accommoder de cet essai.

— Et voilà ! déclara Emma d'un air triomphal en posant le dessert sur la table.

Leo le regarda d'un air suspicieux.

— Est-ce une recette de famille ?

— Non, je n'ai pas de recettes de famille. Ma mère ne faisait pas souvent la cuisine. En fait, il s'agit d'un plat traditionnel. Ces desserts anciens reviennent à la mode en ce moment. D'où mon envie d'essayer.

Elle tenta de servir Leo, mais rencontra une étrange résistance en coupant le gâteau.

— Tu veux que je t'aide ?

Emma ignora son demi-sourire et parvint enfin à prélever une portion.

Leo souleva le dessus brûlé pour goûter l'intérieur.

— Intéressant… Comment s'appelle cette spécialité ?

— Un pudding au pain et au beurre. J'étais censée utiliser des tranches de pain blanc, mais j'ai dû le remplacer par de la ciabatta.

— Très astucieux.

— Je ne suis pas certaine que cela revienne au même.

— Non, sans doute…

Leo leva alors les yeux pour la regarder. Il se retenait de rire, c'était visible aux deux fossettes apparues sur ses joues.

— C'est infect, c'est ça ?

— *Assolutamente disgustoso*, affirma-t-il en plantant sa fourchette dans la masse. Je dois cependant reconnaître une qualité à ce plat : il est assez compact pour boucher des fissures dans les murs !

Emma éclata de rire, roula sa serviette en boule et la lança à Leo, mais, au lieu d'atterrir sur lui, le projectile frappa le verre de vin, qui se renversa, éclaboussant sa chemise.

— Je suis désolée ! s'exclama-t-elle en se levant d'un bond. Enlève-la vite, je vais la rincer avant que la tache ne s'incruste.

Mais Leo, qui s'était levé en même temps, la prit dans ses bras.

— Et si toi, tu me l'enlevais, *cara* ?

Il lui prit alors les mains pour les poser sur son torse, à l'endroit même où son cœur battait fort sous le tissu mouillé.

Une onde brûlante déferla sur Emma. Les doigts tremblants, elle entreprit de défaire les boutons, prisonnière du regard voilé de désir de Leo. Elle ne prêta attention au bourdonnement persistant d'un téléphone dans la poche de son pantalon que lorsqu'il lança :

— Attends, je vais l'éteindre.

Avant de déconnecter l'appareil, il jeta un coup d'œil à l'écran et Emma vit ses traits s'assombrir.

— Excuse-moi, je suis obligé de prendre cet appel.

Elle le regarda s'éloigner. Une fois de plus, il l'abandonnait pour une négociation d'affaires bien plus importante qu'elle. Découragée, elle s'installa sur la chaise longue et prit le livre laissé là dans l'après-midi. Visiblement ce serait sa seule compagnie pour la soirée…

— Emma ?

Elle sursauta en s'apercevant qu'elle avait dû s'endormir.

— Qu'y a-t-il ?

— Un événement inattendu. Je dois partir quelque temps.

— Combien exactement ?

— Je n'en sais rien. Le temps nécessaire.

— Et quand vas-tu partir pour ce voyage d'une durée indéterminée ? demanda-t-elle, dissimulant son découragement sous le sarcasme.

— Ce soir même.

— Ça ne peut pas attendre ? Je dois passer demain l'échographie de la vingtième semaine.

— Non, Emma, ça ne peut pas attendre. Tu iras sans moi. De toute façon, ma présence est superflue, c'est toi qui es enceinte, pas moi.

— Très bien… À plus tard, alors.

Vexée, elle reprit son livre et fit mine de se plonger dedans, mais elle avait la gorgée serrée.

— Je t'appellerai dès que j'aurai une idée de la durée de mon séjour, lança-t-il en s'éloignant.

— Comme tu veux. Bon voyage !

Leo fit aussitôt volte-face.

— L'ironie ne facilite pas la situation, tu sais.

— Quelle situation ? s'exclama-t-elle. Tu ne me dis ni pourquoi tu pars ni où tu vas !

— Je vais à Ravenino. Mon frère a eu un accident.

Emma se leva d'un bond.

— Oh ! je suis désolée. Est-ce grave ?

— Il est tombé de cheval et il a une fracture du crâne. On l'a placé en coma artificiel.

— C'est affreux ! Tu dois immédiatement aller le voir, c'est important.

— Je ne vais pas faire du baby-sitting, répliqua Leo d'un ton irrité. Cordelia s'occupe de lui, mais apparemment je suis la seule personne à pouvoir diriger la principauté à sa place.

Entendre ce prénom haï déclencha une poussée de jalousie chez Emma.

— C'est Cordelia qui t'a appelé ?

Leo, qui était en train de lire un message venant d'arriver sur son téléphone, répondit d'un air distrait.

— Oui. Le jet est prêt à décoller, je dois aller à l'aéroport.

Il avait donc suffi que son ex-fiancée l'appelle au secours pour qu'il renie sa parole et s'empresse de retourner à Ravenino ! Emma se raisonna très vite. L'heure était grave, son frère avait eu un accident de cheval. Comme son propre père ! Et s'il subissait le même sort ? Ce n'était pas le moment de se laisser aller à la jalousie. Une idée lui vint soudain.

— Et si je t'accompagnais ?

Leo ne dissimula pas sa surprise.

— À Ravenino ?

— Oui. Je peux repousser l'échographie d'une semaine ou deux.

— Quel intérêt ?

— J'aimerais voir l'endroit où tu as grandi et…

— Il ne s'agit pas de vacances, Emma. Je vais travailler. Je n'ai pas besoin de m'encombrer d'une femme enceinte.

Foudroyée par la peine, Emma tourna les talons et marcha vers l'extrémité de la terrasse, la gorge douloureuse de larmes retenues. Elle pourrait pleurer quand il serait parti, mais certainement pas devant lui.

Entendant Leo pousser un profond soupir avant de s'approcher elle, elle se raidit.

— Inutile, Leo, va-t'en.

11.

— La projection de budget trimestriel doit être finalisée, le rapport de l'assemblée législative, approuvé, et l'ambassadeur de France a accepté de vous recevoir mardi.

Leo acquiesça et renvoya sa secrétaire, soulagé d'en avoir fini avec ce briefing matinal.

Depuis son arrivée à Ravenino, il s'était jeté dans le travail à corps perdu. La charge était énorme car, en plus de diriger la principauté, il devait gérer ses propres affaires à distance. Il n'avait donc pas une minute de libre du matin au soir. Debout à l'aube, il entamait sa journée par un jogging de huit kilomètres et la terminait avec une séance dans le gymnase, dans l'espoir de dénouer ses muscles tendus et de déconnecter son esprit des affaires en cours afin de trouver un sommeil réparateur. Cela arrivait rarement.

Leo se prit la tête entre les mains et se massa les tempes. D'ordinaire, être sous pression le stimulait. Cela l'incitait à donner toujours plus de lui-même et lui procurait une intense satisfaction. Ici, ce n'était pas le cas. Il travaillait avec sérieux, mais sans sa passion habituelle. Pourtant, il était à Ravenino, il occupait le poste dont il avait rêvé pendant toute son enfance – même si c'était seulement en tant que mandataire. De plus, il s'était attendu à être submergé d'émotions négatives dès son arrivée, mais il n'avait pas éprouvé la rancœur, l'hostilité et la jalousie prévues. Au lieu de cela, il n'avait ressenti qu'un grand vide.

En trois semaines, il avait calmé les marchés financiers, rassuré les investisseurs et sécurisé les affaires de la principauté. Il la laisserait en bien meilleur état qu'il ne l'avait trouvée. Mais quand ? Cela restait encore imprécis.

Leo s'étira dans son fauteuil. La veille, les médecins avaient sorti Taddeo de son coma artificiel. Il allait mieux et se rétablirait complètement avec le temps. Cordelia était venue lui annoncer la bonne nouvelle. Son visage était illuminé de soulagement, mais aussi d'amour. En définitive, elle avait épousé le bon frère. Le destin responsable de sa propre déchéance avait fait leur bonheur…

Sur-le-champ, une image d'Emma s'imposa à son esprit. À vrai dire, cela arrivait chaque fois qu'il cessait de travailler. Une bonne raison pour ne pas s'arrêter, car il ne tenait pas à se remémorer son visage angoissé et chagriné au moment où elle lui avait tourné le dos. Une angoisse et un chagrin qu'il avait provoqués.

Aucun de ses appels n'avait réparé ce dommage. Ils se posaient des questions anodines sur leur santé et celle de Taddeo. La voix d'Emma était monocorde, dénuée de toute émotion et d'enthousiasme, même lorsqu'il lui avait demandé comment s'était passée l'échographie. Il n'avait obtenu d'elle qu'un « Tout va bien ». C'était comme si la lumière s'était éteinte en elle. Elle ne s'enquérait jamais de sa date de retour.

Emma appréciait peut-être de le savoir loin… Il ne pouvait l'en blâmer.

Le soir de son départ, il avait dû se montrer ferme. Il n'avait pas eu d'autre choix, dans la mesure où il ne voulait pas qu'Emma l'accompagne à Ravenino. Les raisons en étaient floues et il n'avait pas souhaité se pencher dessus, encore moins en discuter. La principauté qu'il avait autrefois tant aimée, pour laquelle il aurait été prêt à donner sa vie si nécessaire, était devenue son ennemie du jour au lendemain des années auparavant. Elle représentait son échec. L'échec de n'avoir pas été l'héritier, de ne pas avoir été l'homme qu'il avait toujours pensé être.

Avait-il refusé d'emmener Emma pour ne pas qu'elle soit témoin de cet échec ? Où parce qu'il ne voulait pas qu'elle voie l'homme qu'il était réellement ? Les deux, probablement. En fait, l'opinion qu'elle avait de lui comptait beaucoup à ses yeux.

Elle était beaucoup trop importante.

Cette évidence le frappa en un éclair : seule Emma comptait dans sa vie !

À cet instant, le téléphone sonna sur son bureau. Leo le décrocha avec soulagement. Le travail était certes dévorant, mais c'était son ami. Il tenait ses démons à distance.

Le cœur d'Emma s'emballa à l'instant où elle découvrit la principauté.

Des collines escarpées couvertes d'une végétation dense descendaient vers la mer, dont l'eau turquoise était parsemée de bateaux aux voiles blanches. Les maisons aux façades colorées semblaient accrochées au rocher. La côte accueillait de petites criques au sable irisé sous le soleil. Le plus impressionnant, toutefois, c'était le *castello* Ravenino, perché en haut d'une falaise. Grand et fier, il symbolisait la puissance, la loi et, bien sûr, des siècles d'histoire.

Lorsque l'avion eut atterri, Emma se joignit à la file des passagers qui se pressaient vers la sortie. Tous bavardaient gaiement. Des vacanciers sans doute, heureux de découvrir la célèbre principauté. Elle, en revanche, était on ne peut plus nerveuse. L'idée de ce voyage lui était venue la veille, lors d'une énième nuit peuplée de rêves de Leo et ponctuée de réveils angoissés. Continuer à jouer l'indifférence lui était impossible. Être officiellement sa femme, mais être traitée comme une maîtresse dont Leo disposait selon son bon vouloir ne lui convenait plus. Elle devait se confronter à Leo, lui avouer ses sentiments.

Le tragique accident de Taddeo n'avait fait que souligner le triste état de leur relation. Au lieu de chercher un soutien auprès d'elle, ce qui serait arrivé à un couple normal, Leo l'avait repoussée sans ménagement, avec une vraie cruauté.

Emma comprenait combien retourner à Ravenino lui était difficile. Même si, ce soir-là, il n'avait montré aucune émotion, ses traits tendus et sa manière de lui exposer les faits en phrases brèves indiquaient un profond trouble. Sur le moment, le désir d'être à ses côtés pour l'aider à surmonter les heures difficiles qui l'attendaient l'avait poussée à vouloir l'accompagner. En vérité, elle espérait surtout l'entendre accepter, car cela aurait été une preuve qu'elle comptait pour lui.

Quelle désillusion !

Le regard froid qu'il avait posé sur elle restait gravé dans la mémoire d'Emma, tout comme sa réponse : « Je n'ai pas besoin de m'encombrer d'une femme enceinte. » Ces quelques mots résumaient leur relation. Depuis le début, elle n'était qu'un souci, une responsabilité dont il n'avait que faire, mais qui l'*encombrerait* sa vie durant.

Eh bien, cela allait changer !

Libre à Leo d'être trop égoïste pour se soucier de ses sentiments, ou de prétendre qu'elle n'éprouvait rien. Elle corrigerait cela, car ses sentiments foisonnaient et la tourmentaient jour et nuit, lui ôtant appétit, sommeil, joie de vivre et, par-dessus tout, sa dignité et son estime d'elle-même.

Au cours des trois semaines qui venaient de s'écouler, Emma avait eu honte de s'accrocher à un homme qui ne voulait pas d'elle. L'aimer, d'accord, mais pas se perdre dans cet amour. Elle s'était donc résolue à lui avouer ses sentiments, quitte à le perdre à jamais. C'était le seul moyen de se respecter et de pouvoir aller de l'avant.

Le cœur d'Emma battait à tout rompre lorsqu'elle sonna à l'impressionnante porte du *castello*. Le majordome qui s'enquit de son identité ne marqua aucune surprise en l'entendant répondre : *signora* Ravenino. Il l'escorta alors dans un escalier majestueux puis le long d'interminables couloirs dallés de marbre blanc et illuminés par des chandeliers en cristal. Le palais était immense, somptueux. C'était donc là que Leo avait grandi, l'endroit qui était son foyer… Une boule lui obstrua la gorge sous l'effet d'une grande tristesse. Pour lui. Pour eux deux. Encore des sentiments. Toujours plus de sentiments.

Arrivé dans un salon, le majordome lui demanda d'attendre quelques minutes pendant qu'il allait prévenir le *signor* Ravenino de sa présence. Mais Emma refusa. La surprise était son unique avantage, raison pour laquelle elle n'avait pas averti Leo de sa venue. Il était déjà un négociateur chevronné, inutile de lui laisser le temps de se préparer. Elle voulait une rencontre sur le vif, elle souhaitait qu'il la regarde, et surtout elle entendait voir sa réaction instinctive. Même si cela devait se révéler douloureux.

Emma expliqua donc au majordome qu'il s'agissait d'une surprise, et qu'elle préférait ne pas être annoncée.

Leo travaillait dans la bibliothèque, lui dit-il. Ils empruntèrent donc ensemble de nouveaux couloirs et escaliers, puis arrivèrent devant une porte en bois richement sculptée. L'employé s'inclina et la laissa. Emma tourna lentement la poignée en bronze.

— Revenez plus tard, je ne veux pas être dérangé, lança Leo sans lever la tête.

Depuis le matin, les problèmes se succédaient, en gérer un de plus était hors de question.

Le visiteur ne sembla pourtant pas prendre son ordre au sérieux. Le léger courant d'air provenant de la porte ouverte lui parvint, chargé d'une odeur subtile…

Leo se raidit. Non, c'était impossible. Il releva lentement la tête.

Emma !

Sous le choc, son cœur se mit à battre furieusement. Un vent de panique souffla sur lui.

— Bonjour, Leo.

— Que fais-tu là ?

— J'avais besoin de te parler.

Leo se leva d'un bond, affolé.

— Y a-t-il un problème avec le bébé ?

— Non, le bébé va bien.

— Quoi alors ? Qu'y a-t-il de si important que tu ne puisses m'en parler par téléphone ?

— Je préférais le faire de vive voix.

Une multitude de suppositions assaillirent Leo, aucune de bon augure, à en juger par l'expression déterminée d'Emma tandis qu'elle s'avançait vers lui. Il sentit son estomac se contracter.

Arrivée à un mètre de lui, elle s'arrêta.

— Je ne peux pas poursuivre notre relation dans son état actuel.

Il posa les deux mains à plat sur son bureau. Il pouvait à peine respirer.

— Si c'est parce que je suis ici et toi, à Milan, tu me déçois, Emma. Je te croyais plus compréhensive. Je ne suis pas venu ici par plaisir. Je n'ai pas souhaité l'accident de mon frère, et prendre en main la principauté n'est pas un choix. Mais c'est arrivé, et je dois gérer la situation.

— Il ne s'agit pas de cela. Il s'agit de notre relation dans son ensemble. Toi et moi, en tant que mari et femme. Ça ne fonctionne pas.

Le ton posé d'Emma déstabilisa Leo sans qu'il sache s'il éprouvait de la colère ou de la peur.

— Nous sommes mariés, ça résume la situation. Je n'ai pas de temps à perdre avec des discussions oiseuses. Des problèmes plus urgents m'attendent, alors, quel que soit le tien, tu devras patienter.

— Désolée, c'est non. Je dois te parler et je vais le faire tout de suite.

Elle fit le tour du bureau pour venir se planter en face de lui, le défiant du regard. La lueur intense dans ses yeux éveilla en Leo une émotion indéfinissable.

— Très bien, vas-y ! rétorqua-t-il, avant d'ajouter avec une indifférence feinte : Si je n'ai pas le choix…

Il la vit prendre une profonde inspiration.

— Lorsque nous nous sommes mariés, j'ai pensé pouvoir m'arranger de la situation telle que tu la voulais. J'agissais pour le bien de notre enfant à venir, et la sécurité que tu m'offrais me semblait compenser le manque de… d'attachement sentimental. Je réalise à présent que ce n'est plus possible. Je vais donc être franche avec toi, et j'espère la même franchise en retour.

— J'ai toujours été franc avec toi, Emma.

— Alors j'ai peut-être eu le tort d'avoir des espérances impossibles, d'où ma venue aujourd'hui. Je ne peux pas continuer à jouer l'indifférence devant ton manque d'émotions. Je ne supporte plus de te voir venir dans mon lit pour t'en sauver en catimini au milieu de la nuit ou au petit matin, comme si nous avions commis un acte sordide. J'ai honte, je me sens utilisée. Notre intimité m'était précieuse, spéciale, mais tu l'as salie.

— Ce n'était pas mon intention…

— Et lorsque tu as été appelé ici, tu as rejeté ma proposition de t'accompagner. Ce qui revenait à me rejeter une fois de plus.

Leo se passa les mains dans les cheveux. Cette discussion prenait mauvaise tournure. Rien de bon ne pouvait en sortir. Emma poursuivit :

— Dès le premier jour, tu as érigé des barrières entre nous pour me tenir à distance. Ça a fonctionné un temps, je pensais pouvoir m'en tenir à tes règles, mais je n'y arrive plus. C'est trop difficile.

Leo s'efforça de réfléchir de manière rationnelle. Si Emma était malheureuse, or c'était visiblement le cas, il pouvait renégocier les termes de leur relation. Le tout était de conserver le contrôle de la situation, même s'il se sentait étrangement oppressé.

— Que trouves-tu si difficile exactement ?

Si le sarcasme lui avait permis de canaliser son agitation grandissante, voir les lèvres d'Emma trembler le troubla profondément.

— Tout. Tu voulais éviter toute interaction sentimentale entre nous, je le savais d'emblée, mais le problème, c'est que je suis tombée amoureuse de toi.

Les paroles d'Emma frappèrent Leo de plein fouet. Tombée amoureuse de lui ? Comment était-ce possible ?

Il s'était démené pour éviter de tomber dans ce piège. Cela avait marché avec toutes les autres. Il tenait ses distances, leurs flatteries et leurs déclarations l'avaient toujours laissé de marbre. Une preuve, si besoin était, de ce qu'il savait depuis longtemps : il était incapable d'aimer. La trahison de sa mère avait tué ce sentiment en lui.

Emma, cependant, l'avait touché. Il avait donc dû se

faire violence pour rentrer le plus tard possible du travail, puis fuir son lit en pleine nuit alors que son seul désir était de la serrer dans ses bras, de dormir contre elle, de voir son visage sur l'oreiller le matin au réveil.

Il avait réussi, il avait été fort, pour le bien d'Emma. Du moins le pensait-il jusque-là.

Conscient du regard d'Emma braqué sur lui à l'affût d'une réaction, il resta impassible. Il n'était pas question de laisser entrevoir le tumulte des sentiments qui l'agitaient. Il était d'ailleurs incapable de leur donner un nom, il les savait simplement forts, troublants. Il devait donc calmer la situation avant qu'elle ne lui échappe totalement.

— Je suis désolé, déclara-t-il enfin sans trouver le courage de la regarder. Le fait d'être enceinte a dû fausser ton jugement, l'action des hormones…

— Je t'en prie, évite ce ton condescendant avec moi, coupa-t-elle. Je connais mes sentiments. Je suis amoureuse de toi depuis des semaines, peut-être même depuis notre première rencontre. C'est un fait.

— Et que suis-je censé faire de ce fait ? demanda-t-il sèchement, car à présent son trouble s'était transformé en colère, une émotion qu'il savait gérer. Tu débarques ici à l'improviste, sans y avoir été invitée, pour m'annoncer que tu ne peux pas poursuivre notre relation. Comment t'attendais-tu à me voir réagir ?

— Avec une franchise égale à la mienne.

— Dans ce cas, sache que je n'accepte pas le chantage.

— Le chantage ?

— Parfaitement, Emma. Je sais par expérience que, quand une femme déclare son amour à un homme, c'est dans le seul but d'obtenir une déclaration identique de sa part. Et cela pour une raison toute simple : ça lui donne du pouvoir sur lui.

— Les relations entre les gens se résument donc à des rapports de force pour toi…

L'expression écœurée d'Emma fut presque un soulagement, préférable en tout cas à la peine.

— Tu as eu, je le crains, trop de temps libre. La fondation ne t'occupe pas suffisamment, la nouveauté de vivre dans le luxe et le confort s'est émoussée, tu as donc dû chercher une cause à ton ennui, à ton insatisfaction. Et ça a été moi. Mais je ne marche pas dans ton chantage. En aucun cas je n'avouerai partager des sentiments que je n'éprouve pas dans le seul but de te rassurer.

Leo se tut, laissant Emma assimiler ses paroles. Il avait été dur, par nécessité. Trancher dans le vif était moins cruel que la laisser entretenir des illusions.

Les larmes auxquelles il s'était préparé – et qu'il aurait accueillies, comme à son habitude, par de l'indifférence – ne vinrent pas. Le visage d'Emma s'était figé, lisse, sans expression, ses yeux restaient secs et vides, comme si toute vie les avait désertés. Cela lui déchira le cœur.

Incapable de supporter le silence plus longtemps, il demanda :

— Tu avais autre chose à me dire ?

— Non. Je suis venue dans le but de faire évoluer notre relation. Tu m'as écoutée et tu m'as donné ton point de vue, je t'en remercie.

De quoi le remerciait-elle ? D'être un salaud au cœur de pierre ?

— Je vais donc te laisser et prendre des dispositions pour rentrer en Angleterre. J'ai besoin de temps pour réfléchir.

— Il n'en est pas question.

— Je ne te demande pas ta permission, Leo. Je suis ta femme, pas ton objet.

— Et j'ordonne à ma femme de rester ici.

— Ici, à Ravenino ? L'endroit où tu ne voulais surtout pas me voir ?

— Non, en Italie. Tu vas rentrer à la villa.

— Et tu chargeras Luigi de s'assurer que je ne m'échappe pas ?

— J'en chargerai mon entière équipe de sécurité si besoin est. Tu n'es pas simplement ma femme, tu es aussi la mère de mon enfant. Je t'interdis donc formellement de rentrer en Angleterre.

— Tu ne pourras pas m'en empêcher, Leo. À moins de me contraindre physiquement. Il doit bien y avoir un donjon ici dans lequel m'enfermer.

Il y en avait un, et il l'y aurait volontiers gardée prisonnière s'il avait pu. Elle était décidément très exaspérante !

— Que comptes-tu faire exactement en Angleterre ? Aller t'installer dans le campement familial et vendre des colliers de fleurs pour gagner ta vie ?

— Non.

— Ton adorable mère serait pourtant ravie d'entendre quel monstre je suis. Crois-tu qu'elle t'accueillerait à bras ouverts ou enfermerait son dernier petit ami en date pour éviter que tu ne te jettes sur lui ?

La douleur qui s'inscrivit sur le beau visage d'Emma fit mal à Leo, mais la panique le guidait. Il ne pouvait pas la laisser partir. Il ne pouvait pas la perdre.

— N'imagine pas une seconde que je laisserai cette femme toxique approcher mon enfant. Je t'interdis tout contact avec elle. À jamais.

— Je vais m'installer à Londres.

— Tu as rendu ton appartement. Où vivras-tu ?

— Je ne sais pas encore, mais je trouverai.

— Combien de temps ?

— Deux ou trois mois. J'ai besoin d'être seule pour faire le point.

Leo réfléchit très vite à un moyen de garder la situation en main.

— Très bien, mais à deux conditions. *Primo*, je me charge de te choisir le logement. *Secundo*, tu rentres en Italie avant la naissance du bébé.

Emma acquiesça de la tête.

— Tu me donnes ta parole ?

— Oui.

Un soupir de soulagement échappa à Leo.

— Dans ce cas, mon pilote t'emmènera à Milan. Tu rassembleras tes affaires, puis vous repartirez pour Londres. Une voiture t'attendra dans la cour du *castello*.

Leo s'activa alors à rassembler les feuillets du dossier auquel il travaillait. Même s'il était désormais incapable de s'y intéresser, c'était une manière de mettre fin à la discussion. Ou de donner à Emma le temps de se ressaisir, de lui dire qu'elle avait agi de manière démesurée et de le supplier de lui pardonner. Ou encore, de lui marteler la poitrine de ses poings en le traitant de salaud. Comme rien ne venait, il releva la tête.

Elle le fixait, les mains croisées sous le ventre, le regard vide sous son épaisse frange.

— Au revoir, Leo, dit-elle.

— Au revoir, Emma.

Il se penchait à nouveau sur son dossier lorsqu'elle ajouta :

— Au fait, j'ai appris le sexe de notre bébé pendant l'échographie.

Leo sentit son cœur s'emballer.

— Alors ?

— C'est un garçon. Tu vas avoir un fils, Leo.

12.

Une fois dans le couloir, Emma eut l'impression d'être anesthésiée. Elle n'éprouvait aucune sensation. Son corps refusait d'assimiler la douleur pour l'instant, mais elle finirait par s'imposer, c'était certain, hélas. La réaction de Leo avait été brutale, encore plus impitoyable que dans les pires scénarios qu'elle avait imaginés.

Au moins, elle avait réussi à ne pas s'effondrer devant lui et à rester digne, cohérente. Elle avait pu quitter la bibliothèque la tête haute. Un miracle.

Au bout de quelques pas cependant, il lui sembla que le couloir se refermait sur elle. Sa tête se mit à tourner et une brusque nausée lui monta aux lèvres. Elle tendit une main vers le mur pour ne pas tomber, sentit le sol onduler sous ses pieds, puis vit approcher une grande silhouette auréolée de lumière.

Elle ferma les yeux.

Lorsqu'elle les rouvrit, l'apparition lui passait un bras autour de la taille. C'était donc une personne bien réelle…

— Emma ? Vous êtes bien Emma, n'est-ce pas ?

Elle acquiesça, incapable de parler.

— Je vais vous aider à aller vous asseoir sur cette chaise, venez.

Avec l'aide de la jeune femme (car c'était une jeune femme), Emma parvint à atteindre la chaise. L'inconnue s'accroupit devant elle.

— Voulez-vous que j'appelle un médecin ? Il y a peut-être un problème avec le bébé.

— Non, il va bien, assura Emma tout en se demandant comment cette femme était au courant. J'ai parfois des vertiges depuis que je suis enceinte, mais ça va passer dans une minute.

— Alors attendez-moi ici, je vais chercher Leonardo.

— Non ! Je vous en prie, ne faites pas ça.

Emma, dont la tête avait cessé de tourner, regarda la jeune femme. Mince, de longs cheveux bruns, un visage aux traits fins et des yeux noirs. C'était Cordelia, bien sûr !

À cet instant, un domestique apparut comme par enchantement. Cordelia lui donna une série d'instructions en italien avant de s'adresser de nouveau à Emma.

— Nous allons vous conduire au salon.

En la soutenant chacun d'un côté, ils la firent bientôt asseoir dans un moelleux canapé.

— Giovanni va vous apporter un verre d'eau. Désirez-vous autre chose ?

— Non, je vous remercie, ça va aller.

— Voulez-vous que je reste avec vous ? J'allais partir à l'hôpital voir mon mari, mais…

— Je vous en prie, allez-y !

La jeune femme se leva.

— Au fait, je ne me suis pas présentée. Je suis Cordelia, votre belle-sœur.

— Je suis enchantée de faire votre connaissance. Merci d'avoir pris soin de moi. Vous devez me trouver très fragile.

— Bien au contraire. Avoir épousé Leonardo demande force et courage. Il n'aurait jamais choisi une femme dépourvue de ces qualités. Je sais combien revenir à Ravenino a été pénible pour lui. Il est d'humeur plutôt noire depuis son arrivée. Vous avoir près de lui sera d'un grand réconfort.

— J'en doute.

— Ne vous sous-estimez pas, Emma. Vous lui avez beaucoup manqué.

— Il vous a dit ça ?

Cordelia reprit son sac à main avant de répondre.

— Pas exactement. Leonardo ne dit jamais ce qu'il pense. Vous le connaissez. Mais je sais que vous avez conquis son cœur. Félicitations, Emma ! J'espère que vous serez très heureux ensemble.

Une heure plus tard, Emma sortit sur le balcon prendre l'air. Après que Giovanni lui eut apporté un verre d'eau, une employée, un plateau de thé, et qu'une autre se fut enquise de sa santé, elle éprouvait un grand besoin de solitude.

Le paysage était superbe. La mer s'étendait à perte de vue, mais on distinguait au loin la forme du continent. Un bateau de pêche se dirigeait vers le port escorté par les mouettes, dont elle entendait les piaillements rauques portés par le vent. C'était à la fois paisible et majestueux, une fenêtre ouverte sur le passé de cette forteresse, sur l'histoire du pays dont Leo avait été écarté.

Combien de fois était-il retourné en pensée à Ravenino ? Il devait lui être si pénible d'y être revenu, de diriger la principauté à la place de son frère, temporairement, juste assez longtemps pour avoir un avant-goût de ce qu'aurait dû être sa vie et raviver ses blessures.

Il avait certes fait preuve d'une franchise brutale envers elle, mais, sous ses mots cruels et son arrogance autoritaire, Emma avait perçu son tourment. Il lui avait semblé être tiraillé entre deux directions opposées.

Les paroles de Cordelia résonnaient encore dans sa tête. « Vous lui avez manqué… Vous avez conquis son cœur. » Sa belle-sœur devait se tromper, mais cela avait poussé Emma à appeler le pilote pour expliquer qu'elle ne rentrerait pas avant le lendemain. Fuir n'était plus la solution. Rester et se battre pour trouver le bonheur avec Leo, si. Car elle n'imaginait pas pouvoir être heureuse avec un autre homme.

Si, dans l'émotion de l'instant, Emma avait songé à partir soigner son cœur brisé à Londres puis revenir plus forte, il n'en était plus question. Même la nouvelle règle envisagée, à savoir insister pour vivre avec le bébé dans un appartement séparé, tout en laissant à Leo un accès illimité à son enfant, lui paraissait désormais humiliante. Ce n'était pas aller de l'avant. Rester près de l'homme qu'elle aimait, mais qui ne l'aimerait jamais, c'était régresser. C'était se condamner à une existence froide et stérile. À présent elle voulait vivre pleinement, pas en demi-teinte dans l'ombre.

« Force et courage. » Emma en possédait-elle assez pour essayer encore une fois de briser les barrières de Leo, de pénétrer son âme et d'exposer son désarroi ? Car elle en était certaine, il souffrait, il était brisé à l'intérieur. En dépit de tout ce qui s'était passé entre eux, elle voulait l'aider, le guérir, même si cela se révélait être son cadeau de départ.

Une étrange sensation dans son ventre poussa Emma à agripper la balustrade. Elle allait s'évanouir.

Mais non ! La sensation revenait. Son bébé remuait, comme s'il essayait de lui parler. Le mouvement était trop doux pour être un coup de pied, mais il avait une puissance tout autre.

Emma ferma les yeux pour savourer l'intense émotion qui l'avait envahie.

Son fils venait de lui donner la force et le courage dont elle avait besoin. À elle, à présent, de l'utiliser.

Les rues pavées de Ravenino accueillirent Leo comme un vieil ami. Il connaissait toutes les places, les ruelles escarpées et les églises. Ces lieux étaient inscrits dans son ADN. Enfants, pour Taddeo et lui, cette ville était un terrain jeu. Ils saisissaient chaque occasion de s'évader du *castello* à la recherche de liberté.

Leo était le cerveau de ces opérations, son frère suivait. Ils avaient plusieurs fois été retrouvés à moitié nus en train de s'asperger dans une des fontaines au lieu d'assister à un cours particulier. Il se souvint soudain d'une escapade encore plus épique où ils avaient dévalé une rue à dos d'âne pour fuir les gardes du corps lancés à leur poursuite. Ils recevaient bien entendu de terribles corrections ensuite, lui en particulier, en tant qu'aîné, celui qui aurait dû être raisonnable. Cela lui était égal. Il était plus grand et plus fort que Taddeo et il aimait son frère. Il aurait tout accepté pour lui.

Au fil des ans, cependant, leur relation avait changé. De par les responsabilités qui allaient lui incomber, Leo avait dû prendre son rôle au sérieux, obéir aux règles puis partir des mois durant terminer ses études à l'étranger. Pendant ce temps, Taddeo avait découvert les femmes – beaucoup de femmes – et la fête. Il lui arrivait de rentrer ivre mort au petit matin alors que Leo était déjà à son poste, prêt pour le travail de la journée. Des mots très durs avaient été échangés. Leo voulait voir son frère se calmer. Taddeo voulait savoir pourquoi Leo était devenu si profondément ennuyeux.

Au moment de la mort de leur père, ils étaient devenus deux personnes très différentes. Le changement d'héritier du titre de comte à la dernière minute avait été presque aussi difficile pour l'un que pour l'autre. Entendre Taddeo lui suggérer de gérer la principauté en coulisses tandis que lui-même poursuivrait une existence vouée au plaisir avait révolté Leo. Mais son frère lui avait porté le coup de grâce le lendemain, en détournant Cordelia de lui. Leo avait pris sa décision sur-le-champ. Ravenino et Taddeo ne feraient désormais plus partie de sa vie.

Comme Leo arrivait devant la mairie, l'horloge sonna l'heure. De chaque côté du cadran, deux statues de bronze frappaient à l'aide de marteaux la cloche située au-dessus. Il se souvint alors d'un jour où, en cet endroit même, Taddeo avait passé son bras maigrelet sous le sien et déclaré : « Toi et moi, on sera aussi forts qu'eux plus tard. »

L'étaient-ils ? Pas Taddeo, qui gisait dans un lit d'hôpital depuis son accident. Quant à lui, il avait l'impression que, plus il était déterminé à se montrer fort, plus il devenait faible. Cela se confirmait particulièrement avec Emma.

Se souvenir d'elle, si droite et si digne dans la bibliothèque, lui serra le cœur.

Mais elle n'avait pas à venir à l'improviste, ni à lui déclarer sa flamme !

Leo quitta la place de la mairie et remonta vers le *Castello.* Devoir revenir à Ravenino était un cruel coup du destin, mais cela présentait l'avantage de l'éloigner quelque temps d'Emma et de lui permettre d'ordonner ses pensées. Hélas, où qu'il soit, quoi qu'il fasse, sa femme restait en permanence présente à son esprit. Et son corps ne cessait de la réclamer. D'où sa réaction agressive en la voyant arriver. Elle lui avait désobéi, elle avait enfreint les règles. Elle le défiait d'ailleurs depuis le moment où elle avait posé ses doigts fins sur le clavier pour écrire son article, et elle avait continué à la villa Magenta en s'efforçant de créer un lien entre eux. Vivre à ses côtés était un perpétuel tourment. Et elle avait même demandé quel était le sexe de leur enfant sans lui en parler auparavant. C'était le comble !

Soudain la colère de Leo retomba. Il allait avoir un fils ! Une fille lui aurait fait autant plaisir, mais avoir un garçon lui procurait une immense fierté, réaction aussi primaire que profonde et qu'il était incapable de maîtriser.

Arrivé devant le *castello*, il regarda l'imposante forteresse de granit, symbole de force et de pouvoir depuis des siècles. Elle représentait tout ce qu'il désirait depuis son enfance, ce dont on l'avait dépossédé. Pourtant, ni amertume, ni regret, ni colère ne le rongeaient. Il s'accorda un moment d'introspection à la recherche de ces émotions habituelles. En vain, elles avaient disparu. Soudain, il comprit. Ravenino était son passé, pas son avenir. S'y sentir lié par la rancœur l'avait empêché d'aller de l'avant.

Une prise de conscience troublante…

Donc, depuis quatre ans, il survolait la vie, porté par des émotions qui n'avaient plus lieu d'être. Des émotions négatives entretenues pendant tout ce temps, car il craignait, s'il s'en détachait, de n'être plus qu'une coquille vide.

Au lieu d'entrer dans le *castello*, Leo s'éloigna dans le parc vers la chapelle et le cimetière familial où reposaient des générations de Ravenino. Il s'arrêta devant la tombe de sa mère, adossée au mur d'enceinte et baignée par les doux rayons du soleil de la fin d'après-midi. Il y venait souvent autrefois avec Taddeo. Ensemble, ils y déposaient un bouquet de fleurs des champs, évoquaient celle qui était disparue bien trop tôt. Une nouvelle tombe avait été érigée à côté.

ALBERTO LEONARDO RAVENINO
REPOSE EN PAIX

Deux lignes gravées dans le granit.

Leonardo regretta de ne pas avoir assisté à l'enterrement d'Alberto, de ne pas avoir rendu hommage à l'homme qui l'avait élevé. Celui qu'il avait pris pour son père pendant vingt-huit ans. À l'époque, la rage le consumant, il avait été incapable de l'accompagner dans son ultime voyage. Il haïssait la faiblesse d'Alberto, lui en voulait d'avoir toujours aimé la femme qui l'avait trahi de si odieuse manière, d'avoir gardé son secret jusqu'au dernier moment, de l'avoir écarté, lui, de la succession. L'avait-il fait par pur égoïsme ou pour partir la conscience claire ?

Sa colère à présent éteinte, Leo comprit soudain Alberto et éprouva même une certaine compassion pour lui. Il avait gardé le silence par amour pour sa femme, il s'était comporté en père avec lui jusqu'au bout. Et il lui avait fourni l'éducation nécessaire pour lui permettre de suivre sa propre voie. Il se surprit à lui souhaiter, ainsi qu'à sa mère, paix et bonheur éternels dans l'au-delà.

D'où lui venait cette magnanimité ?

Il la devait à Emma. Avec sa gentillesse et son grand cœur, elle avait changé la façon dont il voyait la vie. Elle lui avait permis d'éprouver des émotions autres que négatives ou superficielles comme celles ressenties avec les femmes successives qui avaient partagé son lit.

Une grande clarté lui illumina soudain l'esprit, et il sentit toute tension le déserter.

Emma l'avait tourmenté pour mieux le libérer. Elle était la lumière dans ses ténèbres. Elle était tout pour lui. Et il l'avait rejetée, par lâcheté, pour rester dans le déni. Sa belle et courageuse Emma l'avait forcé à affronter l'impensable. Non pas son amour, il le conservait en son cœur comme un inestimable joyau. Mais en le lui dévoilant, elle l'avait obligé à voir l'homme qu'il était devenu. Un être froid et autoritaire. Elle l'avait poussé hors de sa zone de confort. Grâce à elle, il éprouvait soudain une émotion profonde, éblouissante.

Il éprouvait un véritable amour pour Emma !

Il devait aller la retrouver et tout lui expliquer.

Il s'éloignait à grands pas entre les tombes de ses ancêtres, dérangeant au passage les oiseaux qui s'envolaient en pépiant, lorsque l'évidence le frappa. Emma était partie. Elle avait déjà dû arriver à Milan. Elle était certainement en train de faire ses valises. Il devait appeler son pilote, lui interdire d'emmener sa femme à Londres et lui demander de venir le chercher au plus vite. Il s'arrêtait pour sortir son téléphone de sa poche quand une voix prononça son nom.

C'était Emma. Son Emma était là !

Son cœur se mit à battre la chamade. Sa merveilleuse Emma se tenait à deux mètres de lui, telle une apparition, et en elle, son fils. La nouvelle génération. Pas le prochain comte de Ravenino – ce titre lui était totalement indifférent à présent –, mais quelque chose de beaucoup plus précieux. Sa propre famille. Son propre avenir. Quel idiot de ne pas l'avoir réalisé plus tôt ! Une émotion encore jamais éprouvée le submergea avec une telle intensité que sa voix sortit rauque, hachée.

— Emma… Tu es revenue…

— Je n'étais pas partie, Leo.

Il s'avança, les jambes vacillantes, cherchant ses mots.

— Je…

— Tu ne me veux pas ici, je sais, l'interrompit-elle d'un ton déterminé, mais…

— Non, je…

Elle tendit les mains pour l'empêcher de l'approcher.

— Je t'en prie Leo, laisse-moi terminer. En fait, je ne pouvais pas m'en aller sans avoir essayé une dernière fois.

— Non, tu ne comprends pas… Tu n'as pas à essayer quoi que ce soit.

— Si, car je ne serai jamais en paix si je ne te donne pas une chance de me dire ce que tu ressens exactement pour moi, et pour notre couple.

Leo s'avança vers elle, mais pour chacun de ses pas en avant, Emma en faisait un en arrière. Bien sûr, elle finit par trébucher. Il s'affola.

— Attention, Emma !

— C'est bon, je vais bien.

Non, elle n'allait pas bien. Elle était fragile, sensible, délicate. Pourtant, elle avait trouvé la force de l'affronter car, par-dessus tout, elle était la personne la plus courageuse qu'il ait jamais connue. Et pour une raison inexplicable, cette femme extraordinaire l'aimait !

Il ne méritait pas son amour, songea soudain Leo avec effarement. Il ne serait jamais à la hauteur d'une femme pareille. Comme son visage se rembrunissait, Emma dut deviner ses doutes, mais elle redressa les épaules et insista :

— Je vais donc te poser une question, Leo, et j'accepterai ta réponse, quelles qu'en soient les implications. Crois-tu pouvoir m'aimer un jour ?

Oh ! Emma, si chère Emma !

— Je ne le crois pas… J'en suis certain.

Il vit Emma se figer et demeurer bouche bée.

— Tu en es certain… ?

— Oui…, commença Leo tout en cherchant des mots enfouis au fond de lui. Parce que je t'aime déjà, Emma. En fait, je pense que je t'ai toujours aimée.

— Je t'en prie, ne te force pas à dire ça si tu ne le penses pas. Sois franc !

— Je le suis, Emma, je n'ai jamais été aussi franc ! Je t'aime, Emma.

Leo aurait aimé la prendre dans ses bras, la serrer

fort contre lui, l'embrasser pour lui montrer son amour, ce qu'il ne savait pas faire avec des mots, mais il devait être prudent. Un mouvement mal perçu, ou une parole inadéquate pouvaient la faire fuir à jamais. Il lui prit donc les mains. Malgré la grande douceur de son geste, il la sentit se raidir. Comme elle levait vers lui ses yeux du même bleu azur que le ciel méditerranéen, il répéta :

— Je t'aime, Emma. Profondément, de tout mon être.

La sentant encore sceptique, il porta une de ses mains contre son torse en ajoutant :

— Entends mon amour dans ma voix, lis-le dans mes yeux et sens-le dans mon cœur, qui bat si fort pour toi.

Emma murmura alors son nom, ses yeux se mirent à briller et les larmes coulèrent en silence sur ses joues.

Leo ne l'avait jamais vue pleurer auparavant, même pas lorsqu'il l'avait si mal traitée. La vue de ses larmes lui fendit le cœur. Il se mit à genoux devant elle, lui entoura la taille de ses bras et posa la joue contre son ventre.

— Je t'en prie, ma chérie, ne pleure pas ! J'ai été odieux avec toi, mais je te promets de me rattraper si tu me donnes une autre chance. Si seulement tu…

Il s'arrêta brusquement en sentant une légère palpitation contre sa joue et se releva.

— Notre bébé vient de bouger !

Emma lui adressa un sourire lumineux, le plus beau qu'on lui ait jamais décoché. Elle lui prit la main et la posa sur son ventre.

— C'est extraordinaire, n'est-ce pas ? Dans quelques mois il sera avec nous. Ce sera une nouvelle vie. Un nouveau départ. Le passé est derrière nous, oublions-le et regardons ensemble vers l'avenir !

— Quand donc es-tu devenue si sage, mon amour ?

— Très récemment, j'imagine. Il faut bien que l'un de nous le soit.

— Tu as raison, répondit-il en lui prenant le visage entre les mains. Je te promets d'être le meilleur mari possible.

— Tu l'es déjà, mon amour.

— Et le meilleur père.

— Je n'en doute pas.

— Je t'aime, Emma Ravenino.

— Je t'aime aussi, Leonardo, bien plus que je ne pourrais l'exprimer.

— Arrête de me regarder, ma chérie.

Appuyée sur un coude, Emma observait le beau visage de Leo depuis l'instant où il avait fermé les yeux. Deux fines rides au-dessus de son nez si droit témoignaient de sa tendance à froncer les sourcils lorsqu'il réfléchissait ou s'impatientait. Une bouche aux contours parfaits et une mâchoire volontaire ombrée d'une barbe naissante en ce début de soirée. Elle en sentait d'ailleurs encore le frottement sur la peau de son ventre, de ses cuisses…

— Tu ne peux pas m'en empêcher, le taquina-t-elle, heureuse de voir deux fossettes apparaître sur ses joues.

— Serait-ce un défi ? Attention, je les relève toujours, tu le sais.

— Comment feras-tu ?

En un éclair, Leo l'attira sur son torse puis, lui empoignant les fesses, la pressa contre lui.

— Arrête ! s'exclama-t-elle en se dégageant. Nous devons nous lever, ça fait des heures que nous sommes dans cette chambre. Les gens vont se demander ce que nous faisons.

— Qui veux-tu qui s'en soucie ?

— Cordelia, peut-être ?

— Elle est trop occupée avec Taddeo pour penser à qui que ce soit d'autre.

— Je l'ai rencontrée cet après-midi après avoir quitté la bibliothèque. J'étais dans le couloir, je me suis sentie mal et elle m'a accompagnée dans le salon.

— *Cristo*, Emma ! Pourquoi ne m'as-tu rien dit ? Elle aurait dû me prévenir.

— Je l'ai suppliée de ne pas le faire. Je ne supportais pas l'idée de te revoir après…

— Je suis tellement désolé de t'avoir infligé tant de peine. Et en plus, t'avoir agressée en te parlant de ta mère et de son petit ami… J'en suis mort de honte.

— Ne t'inquiète pas, ça n'a pas d'importance.

— Si, ça en a, parce que tu avais eu le courage de partager une histoire douloureuse avec moi et que je te l'ai lancée à la figure dans un accès de rage égoïste. C'était méprisable.

À la vue du tourment sincère de Leo, Emma souhaita l'alléger.

— Je t'ai déjà pardonné, mon amour.

— Je te soutiendrai toujours à l'avenir, et je ferai tout mon possible pour te faire oublier ma conduite passée. Je suis même capable de m'entendre avec ta mère, si tu le veux.

Lui adressant alors un petit sourire, Leo ajouta :

— Je pourrais lui offrir une île déserte et l'y installer avec sa bande de hippies, qu'en penses-tu ?

— Hum… Tu ne sembles pas avoir compris les principes qui régissent sa vie. Indépendance et nomadisme.

— Je n'envisage même pas d'essayer de la comprendre, du moins pas avant qu'elle ne t'aime autant que tu le mérites.

Touchée, Emma entrelaça ses doigts à ceux de Leo.

— Chaque chose en son temps. Les miracles n'arrivent pas en une nuit.

— Si, parfois…

Leo croisa les bras derrière sa tête, offrant à Emma la

vue de son torse bronzé aux muscles finement dessinés. Il était si beau…

— Je souhaiterais t'expliquer les raisons de ma conduite, reprit-il.

— Ce n'est pas nécessaire.

— Si, Emma, j'y tiens. Si je t'ai tenue à distance avec tant d'acharnement, c'est parce que j'étais persuadé d'être incapable de devenir l'homme que tu voulais me voir être. Je ne pensais pas pouvoir t'offrir le bonheur que tu méritais. J'estimais devoir te protéger.

— Me protéger de quoi ? Je ne comprends pas.

— De moi-même, de l'homme que je croyais être. Je craignais que, en te laissant devenir proche de moi, tu ne découvres la noirceur de mon âme.

— D'où tiens-tu une telle idée ? s'exclama Emma.

— J'étais empli d'amertume, de rancœur, de haine après avoir perdu le titre de comte de Ravenino, et je pensais m'être résumé à ces sentiments. J'ai utilisé la trahison de ma mère comme une armure, et j'étais résolu à ne jamais laisser une femme m'approcher. Puis tu es arrivée, tu as semé le doute en moi, tu as ébranlé les fondations de ma vie si bien organisée.

Leo marqua une pause, lui adressant un petit sourire fataliste avant de poursuivre :

— Et comme si cela ne suffisait pas, tu m'as parlé de tes problèmes avec ta mère. J'ai vu qu'au lieu de la détester tu t'efforçais de bâtir une relation avec elle. Je ne comprenais pas pourquoi tu la gardais dans ta vie et la laissais te blesser. Maintenant je sais. C'est parce que tu es une personne bien meilleure que moi.

Emma serra fort sa main pour retenir les larmes qui lui brûlaient les yeux.

— Pas meilleure, Leo : différente.

— Sans le savoir, tu m'as montré comment j'avais

laissé la faute de ma mère influencer ma vie. J'étais trop entêté pour reconnaître que le pardon est préférable à l'amertume, et que j'étais seul responsable de la haine que je portais en moi. Je t'ai donc tenue à distance et j'ai essayé de me convaincre que tu n'étais rien pour moi. Pour ton bien, comme pour le mien. Mais c'était inutile. Quoi que je fasse, tu imprégnais mes pensées, tu pénétrais mes défenses, tu me rendais fou.

— Arrête de te torturer, Leo, murmura-t-elle en lui déposant un doux baiser sur les lèvres. Tout cela fait partie du passé.

— Non, Emma, j'ai besoin de t'en parler. Ton arrivée dans la bibliothèque sans le moindre avertissement m'a donné un choc, et ce, avant même que tu me dises que tu m'aimais. J'étais incapable de gérer la puissance de ce que je ressentais pour toi. En réaction, j'ai fait preuve d'une extrême brutalité. Je n'en étais pas fier. Totalement déstabilisé, je suis descendu marcher en ville. J'espérais retrouver dans mon hostilité et ma rancœur habituelles une validation de la manière dont je t'avais traitée. Mais ces émotions négatives avaient disparu, je ne pensais qu'à toi et à la peine que je t'avais causée.

La confession de Leo était un véritable baume pour Emma. Jamais elle n'avait imaginé la profondeur de la souffrance qu'il endurait au fond de lui.

— Alors, je suis allé sur les tombes d'Alberto et de ma mère en pensant y retrouver ma colère salutaire. Au lieu de cela, j'ai compris que ma douleur n'avait plus rien à voir avec Ravenino. Je souffrais de ton départ. J'étais sur le point d'aller te chercher lorsque tu es arrivée. Tu n'imagines pas mon bonheur de te voir, d'apprendre que tu n'avais pas renoncé à moi.

— Nous pouvons remercier Cordelia pour cela. Elle m'a dit que j'avais conquis ton cœur. Je ne l'ai pas crue, mais ses paroles ont eu le mérite de me donner le courage de rester et de te parler une dernière fois.

— J'ai une grande dette envers elle. Et une plus importante encore envers toi, parce que tu as eu la force de braver mon mauvais caractère, de percer mes défenses et de me forcer à affronter mes peurs.

Emma se sentit enfin prête à faire un aveu à son tour.

— J'ai toujours cru que tu étais encore amoureux de Cordelia et qu'en conséquence tu ne pourrais jamais m'aimer.

— *Tesoro mio*, murmura Leo en lui caressant la joue. J'ai accepté d'épouser Cordelia par devoir et j'étais résolu à honorer ma parole, même après avoir perdu la principauté. Son refus a blessé mon orgueil, je l'admets, mais je ne l'ai jamais aimée.

Ils se regardèrent un instant en silence. Leurs confidences respectives avaient considérablement détendu l'atmosphère entre eux.

— Tu sais, Leo, déclara soudain Emma, même si tu ne m'aimais pas, je n'aurais jamais cru à ta prétendue noirceur d'âme. J'avais déjà été témoin de ta générosité et de ta bonté, même si tu les dissimulais. J'ai vu comment tu as aidé Beatrice et sa famille. J'ai vu le respect que tu as pour tes employés. Et c'est sans parler des associations caritatives que tu soutiens.

— Aider les gens financièrement est facile. Mon erreur a été de croire que je pourrais en faire autant avec toi, de penser que ce serait suffisant. Lorsque j'ai compris que ça ne l'était pas, que je ne voulais pas seulement ta compagnie, avoir ton joli minois en face de moi au petit déjeuner et ton délicieux corps quelques heures par nuit, mais que je voulais ton cœur et ton âme en plus, j'ai su que j'avais de gros ennuis.

— Leo, tu as tout cela, plus mon amour indéfectible, maintenant et à jamais.

— C'est plus que je ne mérite.

— C'est pourtant vrai. Je t'aime tant, mon amour !

— Je t'aime aussi. Encore plus.

Leo prit alors Emma dans ses bras et lui offrit le plus tendre baiser du monde.

Épilogue

Emma était en train de rassembler leurs affaires dans leur chambre lorsqu'elle entendit le rire de leur petit Carlo s'élever du jardin où ils venaient de pique-niquer en famille. Elle s'approcha de la fenêtre, passa les bras autour de la taille de Leo et sourit en regardant son beau-frère agiter le bébé en l'air.

— Nous devrions aller récupérer notre fils maintenant, tu ne crois pas, mon chéri ? Taddeo et Cordelia ont peut-être envie de profiter tranquillement du repos dominical.

— Non, laissons-le-leur, ils ne vont pas le voir pendant un moment. Taddeo est fou de son neveu, sans compter que c'est un bon entraînement pour lui.

— Tu veux dire que…

— Parfaitement ! Il m'a confié leur secret ce matin : Cordelia est enceinte.

— Formidable ! Notre fils va avoir un petit cousin, ou une petite cousine ! Je suis si heureuse !

Emma et Leo regardèrent ensemble Cordelia se lever et rajuster le petit chapeau de soleil sur la tête de Carlo, avant de lui déposer un baiser sur le bout du nez.

— Donc le prochain *conte di Ravenino* est peut-être en route ?

Emma avait posé la question d'un ton léger, mais Leo devina son anxiété.

— C'est tout à fait possible. Et inutile de me regarder ainsi, *amore mio*, Taddeo est le comte légitime. Son fils perpétuera la lignée, je l'ai totalement accepté.

— Tu n'as aucun regret ?

— Aucun. Comment le pourrais-je quand je vous ai, toi et Carlo ? Vous êtes tellement plus précieux qu'un titre.

Emma sentit son cœur se gonfler d'amour. Au cours des neuf derniers mois, à part quelques allers-retours à Milan, ils avaient vécu au *castello* – où Carlo était né –, mais tous deux savaient ce séjour temporaire. Pourtant, malgré les paroles rassurantes de Leo, elle craignait qu'il ne trouve difficile de partir.

— Penses-tu que Taddeo s'en sortira sans toi ?

Leo haussa les épaules.

— Je serai toujours là pour lui s'il a besoin de moi, mais il est temps qu'il vole de ses propres ailes. Il s'en sortira, j'en suis certain. Cet accident est ce qu'il lui est arrivé de mieux.

— Leo ! Comment peux-tu dire cela ?

— Parce que c'est vrai. Avoir frôlé la mort lui a procuré le choc nécessaire pour le pousser à se ressaisir, à se conduire en adulte responsable.

— Il ne voit peut-être pas les choses ainsi, mais il m'a avoué qu'il se sentait plus confiant, qu'il était prêt à régner.

— Il était temps ! S'il s'avise d'utiliser cette façon de parler en public, je le tue !

— Allons, Leo, laisse-le mener sa vie comme il l'entend. Il t'est extrêmement reconnaissant de ton aide pendant sa convalescence.

— Je sais, et il est temps pour moi de lui passer les rênes. Pour ne rien te cacher, j'ai hâte de commencer ma nouvelle existence avec toi, chez nous.

— Et moi donc !

Le regard que lui lança Leo ne contenait ni doute ni

regret, mais seulement de l'amour. Emma pouvait enfin cesser de s'inquiéter.

— Puisque nous en parlons, à quelle heure devons-nous prendre l'avion pour Milan ?

— Quand tu seras prête, le pilote est à notre disposition.

— Dans ce cas, je vais terminer nos valises.

Emma repartit vers le lit sur lequel étaient empilés les adorables petits vêtements de Carlo.

Leo lui emboîta le pas.

— C'est au personnel de le faire. J'ai besoin de ma femme pour des activités de plus haute importance.

— Telles que ?

— Eh bien, puisque Carlo est pris en charge, ce serait dommage de ne pas profiter de cette quiétude.

— Leonardo Ravenino, tu es incorrigible ! Tu dois certainement discuter de certaines affaires d'État avec Taddeo avant notre départ.

— L'État peut attendre.

— Autorises-tu ton frère à utiliser cette citation en public ?

Leo se mit à rire et la prit dans ses bras. Emma ferma les yeux. C'était si bon de sentir son grand corps ferme contre le sien.

— Au fait, j'allais oublier ! s'exclama Leo en la lâchant. J'ai vu ce matin un article qui va t'intéresser.

Il s'éloigna à la recherche du journal.

— Tiens, le voilà.

À la grande stupéfaction d'Emma, il brandit le *Paladin*.

— Une autre journaliste va se faire taper sur les doigts pour avoir soumis le mauvais article ? demanda-t-elle.

— Non, pas cette fois. Cependant, ça s'est plutôt bien terminé pour toi, tu ne crois pas ?

Leo fit asseoir Emma au bord du lit avec lui, puis

tourna les pages jusqu'à ce qu'il arrive à un rapport sur une récente conférence du G7 sur les sans-abri.

— Écoute ça.

Les leaders mondiaux reconnaissent qu'il reste encore beaucoup à faire sur les plan national et international. La fondation caritative Read All About It a été citée comme un excellent exemple d'approche innovante pour alerter l'opinion et lever des fonds.

— C'est une formidable publicité pour nous, déclara Emma. Je vais le faire lire au reste de l'équipe.

Elle prit le journal des mains de Leo pour parcourir le reste de l'article.

— Je les appelle sur-le-champ !

Leo saisit sa main qui cherchait le téléphone.

— Oublie la publicité ! Laisse-moi plutôt te complimenter. Tu as fait un travail impressionnant. Je suis fier de toi.

— Merci. Je suis assez fière aussi, bien que l'idée de cette fondation ait été la tienne.

— Oui, mais tu l'as réalisée. T'arrive-t-il de regretter de ne plus travailler pour le *Paladin* ?

Emma prit le visage de Leo entre ses mains.

— Pas un seul instant ! Comment pourrais-je regretter quoi que ce soit, avec Carlo et toi dans ma vie ? Je n'ai jamais été aussi heureuse !

Et c'était vrai. Emma avait enfin trouvé sa place dans l'existence. Elle n'était plus l'enfant qui s'efforçait de s'intégrer au chaos de sa famille, ni l'étudiante qui avait du mal à joindre les deux bouts à Londres, et encore moins la jeune journaliste si désireuse de faire ses preuves au *Paladin*. Avec Leo, elle était une épouse, une mère, et elle avait en plus une carrière qu'elle aimait et le soutien de son mari pour l'aider. Elle n'était plus Emma Quinn, mais Emma Ravenino.

— J'en suis si heureux ! dit Leo en saisissant ses mains pour les embrasser. Je détesterais penser que je dois à nouveau me faire pardonner. Tu sais où cela nous mène, n'est-ce pas ?

— Hum… je crois. Je suis cependant capable de supporter tes nouvelles excuses.

Leo se mit à rire, la souleva dans ses bras et l'étendit sur le lit avant de s'allonger à côté d'elle.

— *Ti amo, mia bella* Emma.

— Je t'aime aussi, Leo. Maintenant et à jamais.

Emma eut à peine le temps de prononcer ces mots, car déjà Leo prenait possession de sa bouche.

Tous d'eux s'abandonnèrent alors au bonheur d'être ensemble.

AZUR

HARLEQUIN

Ne manquez pas dès le mois prochain dans votre collection

AZUR

le premier tome de la nouvelle série :

LES SŒURS DU SECRET

Oriel est mannequin, Nina créatrice de mode.
Elles sont des étrangères l'une pour l'autre…
jusqu'au jour où un secret les réunit !

Un roman inédit chaque mois de février à mars 2022

HARLEQUIN
www.harlequin.fr

PASSIONS

Rêve. Trahison. Tentation.

Un homme et une femme.
Deux héros que tout oppose.
Ils n'ont rien en commun…
Ils ne croient plus en l'amour…
Ils sont amants… Ils sont rivaux…
Ils n'étaient pas censés s'aimer.
Et pourtant…
Ils vont renouer avec la passion.

6 livres à découvrir tous les mois.

IVERTIR • INSPIRER • ÉMOUVOIR

HARLEQUIN
www.harlequin.fr

RESTEZ CONNECTÉ AVEC HARLEQUIN

Harlequin vous offre un large choix de littérature sentimentale !

Sélectionnez votre style parmi toutes les idées de lecture proposées !

www.harlequin.fr

- **Découvrez** toutes nos actualités, exclusivités, promotions, parutions à venir…
- **Partagez** vos avis sur vos dernières lectures…
- **Lisez** gratuitement en ligne
- **Retrouvez** vos abonnements, vos romans dédicacés, vos livres et vos ebooks en précommande…

L'application Harlequi

- Des **ebooks gratuits** inclus dans l'application
- **50 nouveautés tous les mois** et + de 7 000 ebooks en télécharge-ment
- Des **petits prix** toute l'année
- Une **facilité de lecture** en un clic hors connexion
- Et plein d'autres avantages…

Téléchargez notre application gratuitement

Télécharger dans l'App Store

DISPONIBLE SUR Google Play

SUIVEZ-NOUS !

facebook.com/HarlequinFrance
twitter.com/harlequinfrance

VOTRE COLLECTION PRÉFÉRÉE DIRECTEMENT CHEZ VOUS

Vous souhaitez découvrir nos collections ? Une fois votre colis de bienvenue reçu, si vous souhaitez continuer à recevoir nos livres, cela se fera automatiquement. Vous n'avez aucune obligation d'achat et cette offre est sans engagement de durée !

Dans votre 1er colis, 2 livres au prix d'un + 1 cadeau*

*Pour la collection Intrigues : 1er colis à 17,25€ avec 2 livres + 1 cadeau

☛ COCHEZ la collection choisie et renvoyez cette page au
Service Lectrices Harlequin – CS 20008 – 59718 Lille Cedex 9 – France

Collections	Prix 1er colis	Réf.	Prix abonnement (frais de port compris)
❑ **AZUR**	4,50€	AZ1406	6 livres par mois 29,99€
❑ **BLANCHE**	7,30€	BL1603	3 livres par mois 24,45€
❑ **HISTORIQUES**	7,20€	LH1202	2 livres par mois 17,09€
❑ **PASSIONS**	7,70€	PS0903	3 livres par mois 25,89€
❑ **BLACK ROSE**	7,70€	BR0013	3 livres par mois 26,19€
❑ **HARMONY***	5,99€	HA0513	3 livres par mois 20,16€
❑ **NORA ROBERTS***	8,90€	NR2403	3 livres tous les 2 mois, prix variable**
❑ **SAGAS***	7,99€	SA2303	3 livres tous les 2 mois 28,86€
❑ **VICTORIA**	7,90€	VI2113	3 livres tous les 2 mois 26,19€
❑ **GENTLEMEN***	7,50€	GT2022	2 livres tous les 2 mois 17,35€
❑ **ALIÉNOR**	7,70€	AL2132	2 livres tous les 2 mois 17,75€
❑ **HORS-SÉRIE***	7,70€	HS2812	2 livres tous les 2 mois 18,25€
❑ **INTRIGUES***	17,25€	IN2012	2 livres tous les 2 mois 17,25€

*livres réédités / **entre 27,59€ et 30,19€ suivant le prix des livres **F22PDFM**

N° d'abonnée Harlequin (si vous en avez un) ⎵⎵⎵⎵⎵⎵⎵⎵

Mme ❒ Mlle ❒ Nom : ____________

Prénom : ____________ Adresse : ____________

____

Code Postal : ⎵⎵⎵⎵⎵ Ville : ____________

Pays : ____________ Tél. : ⎵⎵⎵⎵⎵⎵⎵⎵⎵⎵

E-mail : ____________

Date de naissance : ____________

Date limite : 31 décembre 2022. Vous recevrez votre colis environ 20 jours après réception de ce bon. Offre soumise à acceptation et réservée aux personnes majeures, résidant en France métropolitaine, dans la limite des stocks disponibles. Prix susceptibles de modification en cours d'année. Vous pouvez demander à accéder à vos données personnelles, à les rectifier ou à les effacer. Il vous suffit de nous écrire en nous indiquant vos nom, prénom et adresse à : Service Lectrices Harlequin CS 20008 59718 LILLE Cedex 9. Service Lectrices disponible du lundi au vendredi de 9h à 17h : 01 45 82 47 47.